和歌を歌う

歌会始と和歌披講

CDブック

◎財団法人日本文化財団 編
披講会 協力

笠間書院

和歌を歌う◎目　次

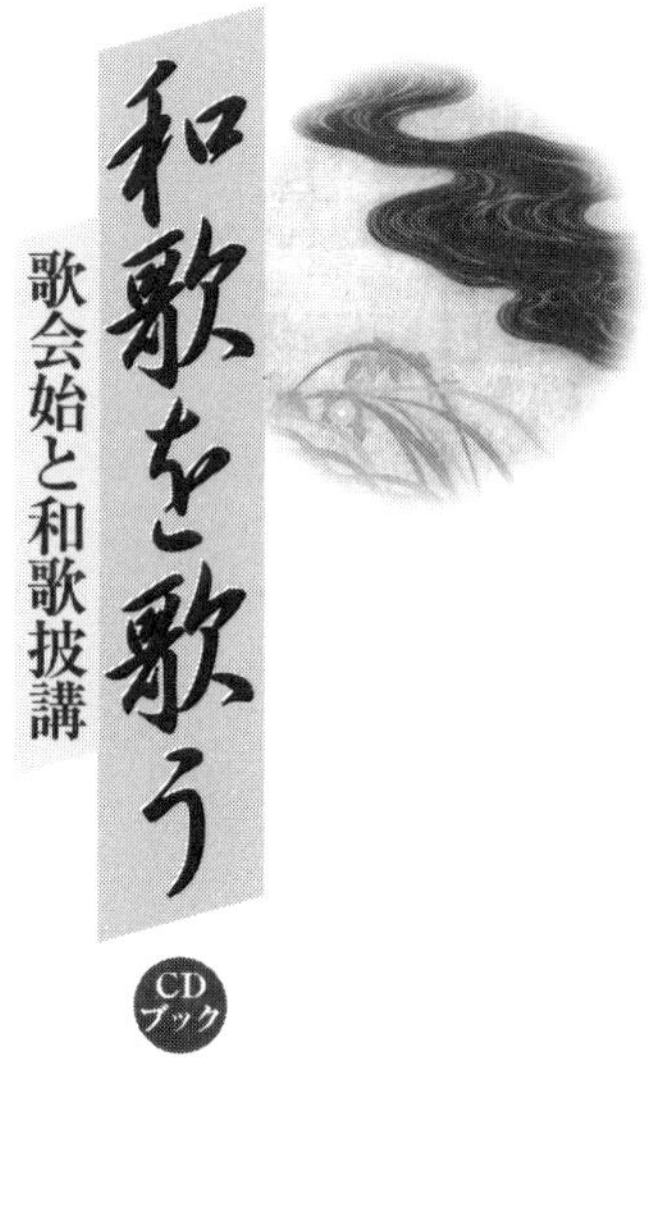

和歌を歌う
歌会始と和歌披講
CDブック

序

宮内庁歌会始委員会参与
中島宝城

和歌を歌う「和歌の披講」の公演は、日本文化財団の主催、文化庁および社団法人霞会館の後援および宮内庁の協力により開催されている。第一回の公演は、平成十年四月二十六日、国立劇場大劇場において行われた。初めての試みであったが、広く各方面から大きな反響があり、高い評価を得た。たびたびの再演の希望を受けて、以来、東京で五回、京都で一回、平成十七年までに計六回の公演を行っている。毎回、その年の宮中歌会始の再演を行うとともに、天徳の歌合を始め史上有名な歌会などを取り上げ、大方の支持をいただいている。

「和歌の披講」の公演には、苦渋の前史がある。昭和から平成になってしばらく、宮中歌会始に寄せられる詠進歌の数が著しく減少し、二万首前後で低迷した。平年の三割減、最盛期の半分以下という状況になったのである。さらに、心配なことは、特に若い人々の歌が目立って少なくなっていったことである。しかし、これは、宮中の歌会始における詠進についてだけでなく、各種の短歌大会や新聞歌壇における投稿についても同様の事態が起こっていた。何故このようなことになったのか。長年、「和歌を歌う」宮中の歌会を歌の現場として、月次詠進の歌を詠み、また折々の歌を詠んできた私には、次のように感じられた。

およそ今日の短歌には、歌としての力がなくなっている。日頃、目にする同時代の短歌は、概ね暗く難解であったり、安易な日常そのものであったりして、先ずは格調に欠けている。また、思わず声に出して、朗読したり、歌ったりしたくなるような言葉の調べや声の響きに欠けている。かつて歌が持っていた美しさや快さ、親しさや優しさに欠け、そして何よりも、人の心を動かす力を失っている。

これは、歌うことを忘れた現代短歌の病理である。歌は、文字通り、その発生の原初から、声に出して歌うものとして生まれ、声に出して歌われてきた。それが、近年、散文と同じく、短歌もまた「文字の言葉」となって、目で黙読され、意味内容を理解するだけで終りとされるようになってきた。短歌を「声の言葉」として声に出して読み上げ、歌い、これを耳で聞いて、言葉の調べや声の響きを楽しむことをしなくなってきたのである。ついには、短歌そのものが音読され、歌われることを前提とすることなく、文字の言葉として書かれるだけとなっている。こうして、短歌は、生きものの命の息吹である声を失い、人の心を動かす力を失っていったのである。このようにして「声の力」を失った短歌は、若い人々をはじめ多くの人々から見放されていったのではないか。

短歌がその力を取り戻すためには、日本の歌が生まれた太古の昔から日本人がそうしてきたように、再び短歌を声に出して歌うものとして創り（つまり、歌うに耐える歌を詠み、歌うに価する歌を創り）、そして、実際に気のこもった力ある声によって歌うべきである。声に出して歌うことによって、言葉の意味内容を超えた歌の力がはっきりと顕われ、はっきりと伝わるのである。こうして、人の心を動かす力を持つに至った歌こそが「歌」と呼ぶに値する本物の歌となるのである。

短歌は、日本語の歴史の各時代を通じて常に最も美しく力ある言葉であり、また、日本語を育て洗練してきたものであるといわれている。短歌がそのような存在であり続け、そのような役割を果たすことができたのは、短歌が声に出して歌われることにより、美しく力ある言葉として試され、選ばれ、鍛えられて、生まれ代り続けることができたからである。

このことに、現代の歌人をはじめ日本語を大切に思う多くの方々にぜひ気付いていただきたい。そのためには、先ず和歌を歌うことから始め、短歌を歌うことを広めていくべきではないか。

そのように考え思い悩むうちに、思い至ったのが「和歌の披講」の公演だったのである。当時、宮内庁楽部による雅楽の東京公演を毎年主催していた日本文化財団にお願いし、また、各方面の理解と協力を求め、これを実現させるまでには、やはり四、五年はかかっている。「和歌の披講」の公演は、こうして始まったのである。

その後、回を重ねるごとに「和歌の披講」に対する関係者の理解と協力は深く強くなり、また、一般の評価と期待も高く大きく定着してきたことは、誠に喜ばしいことである。さらに有難く嬉しいことには、その第一回の公演を行った平成十年以来、宮中の歌会始においては、毎年、高校生や中学生の歌が連続して入選するという歌会始史上かつてなかった出来事が起こっているのである。「和歌の披講」の公演では、早速これを取り上げ、これら若者達の歌を毎回披講してきたことは申すまでもない。これを新しい兆しとして捉え、増幅し、一つの動きとして育てていくことに、わずかながらも貢献できたことは、まことに幸運なことであった。

平成十七年は、『古今和歌集』の編纂から千百年、『新古今和歌集』の編纂から八百年の年として、種々の催事、事業が予定されている。この時に当たり、これまでの「和歌の披講」公演のプログラムの中から数篇の論文を選んで一本とし、これに「和歌の披講」の録音（ＣＤ）を付して出版されることとなった。本書の刊行が和歌研究の向上発展にいささかでも寄与することを願うとともに、「和歌を歌う」ことがますます盛んとなって、短歌がその力を取り戻し、美しき和の歌、力ある声の歌として見事に甦ることを祈念してやまない。

京都御所　清涼殿

一

和歌披講の所役について

坊城俊周

和歌の披講は、所役《しょやく》（諸役）が、夫々の役を分担して行います。所役とは、読師《どくじ》・講師《こうじ》・発声《はっせい》・講頌《こうしょう》等の総称です。以前は、題者《だいじゃ》、點者《でんじゃ》、役送《やくそう》の諸役が含まれていました。

披講所役と云いますと、読師以外の、声を出して和歌を披講する役「講師・発声・講頌」の三役を指しています。

後述しますが、読師は歌会の司会進行役で、一切声を出しません。最近、読師と講師を混同して記述されることが多いので、ふれさせていただきました。

以下、披講の所役について、順次概説してまいります。

一　講師（一人）

講師は「歌の題」「作者の住所の都道府県名」「作者名」を紹介し、次いで歌の披露をいたします。講師は、歌の言葉をはっきり伝えることが最大の任務です。

平成十六年の「歌会始」（お題「幸」）に例をとれば、預選歌の懐紙には、次のように書かれています。

新年同詠幸
応制歌
都道府県名　氏名
歌

講師は最初の二行を

『年の始めに――ィ　（イの音を長くのばす）
おなじく――ゥ　（ウの音を長くのばす）
幸――ィ（お題）　（イの音を長くのばす）
ということをおおせごとによりてよめるうた』と読み上げます。

これを「端作《はしづくり》」と言います。

次に、住所の都道府県名・氏名（姓と名の間に「の」を入れてよむのを慣例としている）を紹介し、歌の披露に入ります。

歌は、五・七・五・七・七の五句に区切って、節をつけずに読み上げます。一句一句、ひきのばして強く言い切りますので、語尾がはねるように聞こえます。

平安末期の歌学書・藤原清輔の『袋草紙』（一一五七年頃成立）の「和歌會次第」にも、「一句々々読二切之一」とあり、藤原定家の『和歌祕抄』にも「講師は、一句づつ切音（きりごえ）で句切って読み上げる」と記載されています。切音とは区切っていう声の意味とされております。

講師は、以前より比較的若い人が務めておりますが、明快で力強さが必要であるためでもあります。

なお、不祝儀の折、例えば「偲ぶ歌会」などでは、「歌会始」や通常の「歌会」の時とは反対に、語尾をのばす発声ではなく、語尾をのみ込むように披講します。そうすることによって、歌全体がしめやかな感じとなります。「陰」と「陽」をはっきり区別する訳です。こうしたことを含めて、講師の読み上げ方は、一対一の口伝で継承されております。

講師の語源は、講ずる人の意味で、以前は講師の資格として、勅撰和歌集の『古今和歌集』『後撰和歌集』『拾遺和歌集』の「三代集」を諳《そら》んじていることが条件とされていました。つまり「歌」について、十分な素養と勉強を必要とした訳です。

二　発声（一人）・講頌（四人以上）

発声は、講師が歌を読み上げたあと、阿吽《あうん》の呼吸で、初句を独りで節をつけて朗唱する役です。二句以下も発声のリードで、講頌が唱和します。講師の読み上げは、歌の言葉の伝達。発声・講頌が、節をつけて歌うことは、歌を味わい、鑑賞することを目的にしています。通常、発声は講頌のなかから先達として選ばれます。

歌の節には「甲調《こうちょう》」と「乙調《おっちょう》」、それに甲調より高い「上甲調《じょうこうちょう》」とあります。どの節で何首歌うかは、披講する歌の総数により、甲調で何首、乙調で何首、上甲調で何首と、事前に決定しておきます。現在、皇后宮の御歌《みうた》は乙調・乙調で繰返しの「二返《ふたかえし》」（二回繰返し）で朗唱しています。御製《ぎょせい》は、上甲調・上甲調・甲調で、三回繰り返して朗唱しております。

なお、和歌披講では、講師・発声・講頌とも、楽器の伴奏は一切用いません。素《す》の形で読み上げ、節をつけて歌います。

三　読師（一人）

読師は、歌会の司会、進行役を司ります。様々の所作がありますが、一切無言で行います。歌会での大変重い役です。

主な役目としては、詠進歌の書かれた懐紙をひろげ、黙読後披講席の浅硯蓋《あさすずりぶた》の上に、一首一首陛下にむけて、順次差し出す所作をいたします。これによってはじめて披講が始まります。東宮のお歌の披講が終わりますと、読師は披講席を離れ、夫々両陛下の御前に伺い、御懐紙をいただき、披講後再び参進して、御懐紙をお返しする所作があります。

こうした読師の、大小の正確な所作の積み重ねと、披講者の呼吸が相俟って、歌会始（歌会の重要な流れを形成して行きます。そして読師の完璧な所作が、歌会の格調に通じると言っても過言ではありません。

読師は、以前は摂政・関白がつとめていました。また資格として、歌道の権威が当たりました。少なくとも八代の勅撰和歌集である「八代集」に通暁しているものでなければ、読師にはなれないとされていました。万一、講師が歌を判読出来ないことがあったときには、読師はそれに答え、教示しなければなりませんので、歌について常に研鑽を重ね、深い知識が必要でした。

所役による和歌披講は、「講歌」「詠歌」「披講」などと、様々に呼称は変わりましたが、「歌合」「歌会」「歌会始」などでの発表の手段は、先述しましたように、

一、講師が歌を講じ、読み上げる形式と、

一、発声・講頌が、曲節をつけて鑑賞を目的とする披講の形とがあります。

この二つの組合せによる披講は、時代と共に定着し現在に至っております。

なお、「一人講師」と云って、講師が一人で披講する形式は、およそ十世紀に遡ることが出来ます。現在も「曲水《ごくすい》の宴」などで行われております。

和歌披講は、口から耳へと伝える口伝によって伝承されてまいりました。日々の習練と努力によって正しく磨かれ、受け継がれていくものでありますので、一層の精進を期しております。

（平成十年「和歌の披講」公演プログラムより）

【和歌の形式】

『和歌を歌う』の「和歌」は、本来は「からうた」(漢詩)に対する「やまとうた」の意であり、現在の短歌(五七五七七)ばかりでなく、古くは長歌(五七五七…五七七)・旋頭歌《せどうか》(五七七五七七)・片歌(五七七＝旋頭歌の片半分の意)・仏足石歌体《ぶっそくせきかたい》(五七五七七七)などのさまざまな歌の形式を含んでいた。『万葉集』では、長歌約二百六十首、旋頭歌は約六十首、仏足石歌体一首で、あとの四千首以上は短歌である。短歌は長歌のあとに続く「反歌」として発達したが、平安時代には長歌が衰微し、もっぱら短歌が「和歌」「やまとうた」と呼ばれるようになった。

(青柳隆志)

二

宮中歌会始

中島宝城

はじめに

宮中歌会始について記すに当たり、先ずはじめに宮中歌会始の今日的意義について述べておきたい。

一　皇室と国民を結ぶ文化行事

長い歴史を有する宮中歌会始は、明治および戦後昭和の二度の大きな改革によって世界の他の国に類をみない日本独自の国民的な年中行事となった。

宮中歌会始のお題は、歌会の主催者である天皇陛下がお定めになる。この一つのお題に多くの人々が心を致し、共通のお題にかかるそれぞれの思いを言葉に込めて歌を詠み、天皇陛下に差し上げる。国の内外から寄せられた多くの詠進歌の中から選ばれた預選歌は新年の歌会始の儀において披講され、預選者は宮中に参内して式場に参列する。式場には、天皇皇后両陛下をはじめ皇族殿下方が参列になり、天皇陛下の特別の御指名によって歌を詠進した召人、預選歌の選に携った選者、また国の要人のほか歌人その他の芸術家、文化人、教育者、報道関係者などの陪聴者が参列する。そして、テレビではその儀式の模様を全国に中継放送する。

こうして、古い伝統を有する宮中の歌会始が今日、皇室と国民の心を親しく結ぶ文化行事となっているのである。宮中歌会始の大きな今日的意義の一つである。

二「和歌の披講《ひこう》」と短歌の再生

これは、序文で述べたことであるが、昭和から平成になってしばらくの間、宮中の歌会始に寄せられる詠進歌の数が著しく減少し、二万首前後で低迷した。最も多かった頃の半分以下、平年の約三割減という状況であった。さらに、心配なのは、特に若い人々の歌が少なくなっていったことである。この状態は全国の短歌結社の会員や各地の歌会の参加者や新聞歌壇の投稿者についても同様であった。であるとすれば、これは宮中の歌会始だけの問題ではなく、短歌界全体の問題ということになる。

何故、このようなことになったのか。端的に言えば、今日、短歌が力を失ってきているからである。若い人々をはじめ多くの人々が短歌に魅力を感じなくなっているのである。「現代短歌」といわれる同時代の短歌は、概ね難解で、散文的である。思わず声に出して読み上げ、歌いたくなるような韻律や声調に欠けている。かつて歌が持っていた美しさや快さ、親しさや優しさ、そして人の心を動かす力を失っているのである。

短歌は日本の伝統文化の中心をなしてきたものであり、あらゆる日本の芸術、芸能から風俗、習慣にいたるまでを根本において律してきたものである。いわば、日本人の生き方、その美学の基礎をなしてきたものである。日本語を育て、洗練して来たのは、短歌であると言われている。また今日まで用いられてきた日本語の中で最も美しく豊かな言葉は、短歌の言葉であるとも言われている。しかし、今日、短歌は概ね貧しく病んで、そのような美しさや何よりも、人の心を動かす力を失っている。であるとすれば、これは単に短歌だけの問題ではなく、日本語の問題、さらには日本文化の根本にかかわる問題でもある。

近代以降、活字文化の隆盛とともに短歌も黙読されることが多くなり、音読され、歌われることが少なくなった。そして短歌そのものが音読され、歌われることを前提とせずに書かれるようになってきた。こうして、短歌は次第に人の心を動かす力を失っていく。

歌は文字どおり、歌うものとして生まれ、声によって歌われてきた。万葉以来つい百年ほど前までは短歌は声に出して読み、声に出して歌うのが当たり前であった。声に出して読み、歌うことによって、言葉の力がはっきりと現れ、はっきりと伝わるのである。

短歌は、万葉このかた日本人がそうしてきたように、声によって歌うものとして詠まれ、声に出して歌われるべきである。

このような観点から、今日、大いに注目されるべきは、宮中の歌会始などにおける「和歌の披講」である。歌人はもとより、詩歌に関心を持つ人々、日本語を大切に思う人々には宮中の歌会始に、そして「和歌の披講」にもっと関心を持っていただきたいと思う。

このようなことから、平成十年四月、国立劇場（三宅坂）において、日本文化財団の主催、文化庁、社団法人霞会館の後援、宮内庁の協力により、伝統文化鑑賞会「和歌の披講」公演が行われ、平安時代の天徳の歌合や平成十年の歌会始の儀の一部を再現する試みがなされ、大きな反響を呼んだのであった。以後、平成十七年までに東京および京都で六回開催され、その年々の宮中歌会始の再現も行われて、高い評価を受けている。

今日、和歌の披講は、宮中の他にも神社、仏閣や冷泉家の歌会などでも行われている。ここで披講され、歌われる力ある声の歌によって、短歌がその発生の原初において持っていた言葉の力を甦らせることを、そして日本語がさらに美しく豊かになっていくことを切に願ってやまない。

一　歌会始の起源と沿革

人々が集まって歌を詠み、その歌を披講する会を「歌会《うたかい》」という。

一　「歌御会《うたごかい》」、「歌御会始《うたごかいはじめ》」

歌会では、歌は一般に共通の題で詠まれ、声に出して読み上げられ、声に出して歌われる。歌会は、歌の起源とともに古く、歌の歴史とともに長く行われてきた。大和時代に既に行われていたことは、『万葉集』によって知ることができる。平安時代にはいよいよ盛んに行われるようになり、曲水宴《ごくすいのえん》（三月三日）・乞巧奠《きっこうでん》（七月七日）・重陽宴《ちょうようのえん》（九月九日）などの年中行事と結びついた歌会や、観桜・観月・観菊の季節催事と結びついた歌会や、誕生・着袴などの通過儀礼と結びついた歌会など、いろいろな歌会が催された。「歌合《うたあわせ》」は、その変形である。

天皇が御催しになる歌会を「歌御会《うたごかい》」といった。宮中では年中行事の歌会、季節催事の歌会、通過儀礼の歌会などの他に、毎月の月次歌会《つきなみのうたかい》も行われるようになった。こうした種々の歌会の中で、天皇が年の始めの歌会として御催しになる歌御会を「歌御会始《うたごかいはじめ》」といった。

二　歌御会始の起源

歌御会始の起源については、諸説がある。平安時代中期、村上天皇の天暦五年（九五一）、「勅撰和歌集の編纂」と「和歌の披講」を所掌する和歌所が宮中に置かれた。その頃から既に行われていたであろうとする説もあるが、文献上の明確な根拠はない。鎌倉時代前期、土御門天皇の建仁元年（一二〇一）一月七日に後鳥羽上皇の御所で歌会が行われ、翌建仁二年一月十三日にも和歌所で歌会が行われているが、いずれも上皇出御の歌会である。ほぼこの頃から一月または二月に宮中で歌御会が催されていたことが記録に散見されるが、これらが年の始めの歌御会として位置づけられていたかどうかは明らかでない。

鎌倉時代中期、亀山天皇の文永四年（一二六七）一月十五日に宮中で天皇出御《しゅつぎょ》の歌御会が行われており、『外記日記』はこれを「内裏御会始」と明記している。以後、年の始めの歌御会として位置づけられた歌会が断続的に見受けられる。したがって、歌御会始の起源については、この時代まで遡ることができるといえよう。

なお、これに関して、後柏原天皇の文亀二年（一五〇二）一月二十五日の「内裏御月次和歌御会」をもって現在の歌会始の直接の起源であると断定する説があるが、これは要するに歌御会始が「年中行事」として完全に定着し、確立した時期を論じたものであって、歌御会始の「起源」とは別の問題であろう。

三　歌会始の改革

歌御会始は、江戸時代にもほぼ毎年催され、明治維新後は、明治二年（一八六九）に明治天皇により御即位後初の歌御会始が行われ、以後今日まで連綿と続けられている。

明治五年（一八七二）には皇族、側近、公卿などだけでなく、官吏は判任官までが詠進を許されるようになり、明治七年（一八七四）には一般国民にも詠進が認められるようになった。

明治十二年（一八七九）には一般の詠進歌のうち特に優れたものを選歌とし、歌御会始で披講されることとなった。これは宮中の歌会始の歴史の中でも最も画期的な改革であり、今日の国民参加の歌会始の根幹を創立したものであった。

明治十五年(一八八二)からは御製はじめ選歌までが新聞に発表されるようになり、一般の関心はさらに高り、明治十七年(一八八四)からは官報に掲載されるようになった。明治三十三年(一九〇〇)からは詠進歌の数が官報に報告されるようになった。

また、明治四十二年(一九〇九)には選歌七首の他に次点一〇二首が選ばれ、以後その数が発表されるようになった。今日の佳作の選の始まりである。大正十一年(一九二二)からは次点の作者の氏名が発表されるようになった。

大正十五年(一九二六)には皇室儀制令(大正十五年皇室令第七号)が制定されて朝儀(宮中の儀式)の体系が定められたが、歌御会始は朝儀の一つとして位置づけられ、「歌会始」と称されることになった。もっとも、同大正十五年十二月大正天皇崩御のため昭和二年には歌会始は行われなかったので、実際に「歌会始」と呼ばれたのは昭和三年(一九二八)からである。

四　御歌所

平安時代には宮中に「和歌所」が置かれ、ここで勅撰和歌集の編纂と和歌の披講を掌るようになった。鎌倉時代には和歌所が歌御会に関することを掌っていたことは、藤原定家の『明月記』によって明かである。

明治二年(一八六九)には「歌道御用掛」が任命され、天皇の歌道に関する御用を仰せ付かった。歌道御用掛は、歌御会始の読師も奉仕した。

明治九年(一八七六)には歌道御用掛は、「文学御用掛」と改称された。

明治十九年（一八八六）には宮内省侍従職に「御歌掛」が置かれ、御歌掛長、参候《さんこう》、寄人《よりうど》が任命された。

明治二十一年（一八八八）には御歌掛を廃し、宮内省に「御歌所《おうたどころ》」が置かれた。初代の御歌所長には、高崎正風が任命された。

御歌所の官制については、明治三十年（一八九七）には宮内省達により定められ、御製《ぎょせい》、御歌《みうた》および国民の詠進に関する事務を掌るものとされたが、明治四十一年（一九〇八）には皇室令により定められ、御製、御歌および歌御会に関する事務を掌るものとされた。このように御歌所は、より上位の法形式により設置根拠を与えられ、事務取扱に関する規定や参候、寄人の職制に関する規定の整備が行われて確固たる組織となり、永く国民にも親しまれる存在となった。

その後も種々の改革が行われたが、戦後、御歌所が廃止された。代って歌会始委員会を設置し、在野の歌人に選歌を委嘱し、広く一般の詠進を求めるためお題を平易なものとした。預選者については、式場への参列を認め、選者との懇談の機会を設けるなど処遇を改善した。陪聴者については、その範囲や人数を拡大した。また、テレビの中継放送を導入するなど歌会始の全般にわたる改革が行われ、歌会始への国民参加はますます促進された。これらについては、歌会始の現在の運営などについて述べる以下の各項においてそれぞれ記すこととする。

二　お題

歌会始の歌は、共通のお題によって詠進するのが古来の慣例である。

お題は、歌会始の儀を御主催になる天皇陛下がお定めになる。

お題の案を歌会始委員会で五つ出して、選者会議で二つに絞り、天皇陛下がその一つをお選びになってお題が決まる。

毎年のお題は、その前年の一月、歌会始の儀の当日に発表され、新聞、テレビなどで報道される。また、官報に宮内庁告示として公示される。

お題は、明治二年（一八六九）から昭和二十一年（一九四六）までは春風来海上（しゅんぷうかいじょうよりきたる）、迎年言志（としをむかえてこころざしをのぶ）、新年祝言（しんねんのしゅうげん）、雪埋松（ゆきまつをうずむ）、社頭杉（しゃとうのすぎ）、山色新（さんしょくあらたなり）、松上雪（しょうじょうのゆき）といったおめでたい、型にはまった、いわゆる御歌所風のものであったが、昭和二十二年（一九四七）からは、あけぼの、船出、ともしび、窓、土、草原、紙、声、花、音、島、旅、車、森、風、歌、歩み、笑み、といった平明で広がりのある詠み易いものとなっている。より広く多く一般からの詠進を願われる思召によるものである。

このお題についての改革は、選者についての改革とともに、戦後の歌会始の二大改革の一つである。これによって、さらに一般からの詠進が促され、また詠進歌は、従前の御歌所風と言われる型にはまった歌から次第に多くの人々のそれぞれの生活から生れる多様な歌へと変わっていった。

三　詠進要領

歌会始の詠進要領は、前年の一月、歌会始の儀の当日にお題とともに発表され、新聞、テレビなどで報道される。また、官報に皇室事項として掲載される。さらに、平成十三年からは宮内庁のホームページでも見ることができるようになった。

そして、さらに一般の周知を図るため、毎年二月または三月に総務省の協力を得て都道府県に依頼し、「歌会始のお題および詠進要領」（印刷物）を全国の市区町村に配布して広報をお願いしている（昭和四十年以降）。

なお、疑問がある場合には、直接、宮内庁武部職あてに返信用封筒（郵便番号、住所、氏名を書き、返信用切手をはったもの）を添えて封書で問い合わせいただき、回答している（九月二十日まで）。

あて先は、「〒一〇〇―八一一一宮内庁」とし、封筒に「詠進歌」と書き添える。

四　詠進歌

一　詠進歌の受付

詠進歌の受付は、毎年、歌会始の儀の当日、翌年の「歌会始のお題及び詠進要領」が発表された直後から開始され、九月三十日に締切られる（当日消印有効）。

二　詠進歌の数

詠進歌の数は、年により消長がある。一般の詠進が始まった明治七年（一八七四）には、四、一三九首であった。その後次第に増えて、明治三十年代には一万台、明治四十年（一九〇七）から大正年間（一九一二〜一九二六）は二万台で推移した。

昭和の第一回、昭和三年（一九二八）には三八、八一〇首となり、昭和七年（一九三二）には四万首を超え、以後昭和十八年（一九四三）まで四万台前半から三万台後半で推移した。この間、特に昭和十七年（一九四二）には四六、一〇六首となり戦前戦後を通じての第二位となっている。しかし、戦前最後の回、昭和二十年（一九四五）には二〇、四一七首となった。

そして戦後の第一回、昭和二十一年（一九四六）には一四、二六二首となり、以後昭和二十六年（一九五一）までは一万台前半で推移した。そして昭和二十六年貞明皇后崩御のため昭和二十七年（一九五二）には歌会始の儀が行われなかったこともあって、昭和二十八年（一九五三）には、五、七六五首と戦後の最低となり、以後昭和三十一年（一九五六）まで一万首に満たなかった。

その後、次第に増えてゆき、昭和三十二年（一九五七）から一万台、昭和三十四年（一九五九）から二万台となり、昭和三十七年（一九六二）には三万首を超え、昭和三十八年（一九六三）から四十五年まではいずれも三万五千首を超えた。この間、特に昭和三十九年（一九六四）には四六、九〇八首と、明治七年以来の最高となり、また昭和四十二年、四十三年にも四万首を超えた。

しかしその後、次第に減ってゆき、昭和四十六年（一九七一）から六十三年まではほぼ三万台前半から二万台後半で推移した。

そして、昭和六十四年（一九八九）一月昭和天皇崩御のためこの年と翌平成二年（一九九〇）には歌会始の儀が行われなかったこともあって、平成の第一回、平成三年（一九九一）には一三、九二二首となった。そして、平成五年（一九九三）からは二万首台で推移している。これは最も多かった頃の半数以下、平年の約三割減である。

詠進歌の数は、もっと増えてほしい。詠進歌が増えることは今日の歌会始の国民参加の趣旨から一層期待されるところである。また、数の増加が質の向上に繋がることも期待される。短歌が日本の伝統文化の中心にあるものであることからもそうである。そして、若い人の歌がもっと増えてほしい。年齢に制限はなく、未成年者も詠進できる。これまでに幾人もの高校生や中学生が入選している。専門の歌人も詠進されたらよい。かつては五島茂、中西悟堂、橋本徳壽、五島美代子などの歌人が詠進して預選者となっている。そして後に、五島茂、中西悟堂の両氏は召人に定められ、橋本徳壽、五島美代子の両氏は選者に定められている。

三 詠進歌の選（第一次選、第二次選）

宮内庁に届けられた詠進歌は、式部職の詠進歌の担当係で受付けられた後、先ず、詠進要領によらず失格となるものが除外される。失格となる詠進歌のうち最も多いのは、住所、氏名、生年月日、または職業を書いていないもの、用紙を縦に細長く用いたものである。

次に多いのは、お題によって詠んでいないもの（お題の言葉が入っていないもの）、一人で二首以上詠進したものである。この他に、短歌でないもの、即ち俳句や詩、全く非定型の文などである。

次に、適格とされた詠進歌は、通し番号を付けて整理される。そして番号と短歌だけを書写（列記）し、二千首程度にまとまり次第逐次、複写して選者に届け、第一次選を依頼する。第一次の選歌の数については、特に基準を設けない（これと前後して選者と歌会始委員会委員との懇談会を開き、選者との顔合わせと今後の選歌の進め方、日程等について打ち合わせを行う）。

第一次選で選ばれた短歌は、新しい通し番号を付けて、書写し、複写して選者に送り、第二次選を依頼する。第二次の選歌の数は、各選者につき二〇首程度とする。五人の選者の二人以上が同じ短歌を選ぶこともあるので、第二次選で選ばれる短歌は、通常八〇首から九〇首ほどとなる。

第二次選で選ばれた短歌は、また新しい通し番号を付け、今度は詠進者の住所、氏名、生年月日、および職業を明示し、その短歌を選んだ選者名を付記して書写し、複写して選者に送る。選者は、この段階ではじめて歌の作者の氏名や年齢、職業などを知るのである。

四　詠進歌の調査

詠進歌の選と併行して、第二次選で選ばれた短歌の全部について、一人で二首以上詠進したり、既に発表された短歌と同一または著しく類似した短歌であったりして失格となるものがないかを調査する。こうして、選者会議に備える。

五　詠進歌の供覧

詠進歌は、選歌または佳作にならなかった短歌も全て都道府県別に整理して製本し、後日、天皇陛下のお手許に差し上げ、御覧に供する。詠進要領によらず失格となったものもまた、御覧に供している。

なお、外国人がお題にちなんだ自国語の詩を詠進して来ることがあるが、これらについても同様、御覧に供している。

五　歌会始委員会

歌会始の儀に関する諸般の事項を協議するために宮内庁に歌会始委員会が設置されている。昭和二十一年（一九四六）に御歌所が廃止され、宮内省図書寮に歌詠課が設置されて、それまで御歌所で所掌していた歌会始に関する事務と月次歌御会《つきなみのうたごかい》に関する事務を所掌することになった。歌詠課長には、後の侍従長の入江相政が命じられた。しかし、早くも翌昭和二十二年（一九四七）には歌詠課が廃止され、宮内府に歌会始詠進歌委員会が設置されて、歌会始の詠進歌の選者会議および編集に関する事務を所掌することになった。そして、昭和三十七年（一九六二）には歌会始詠進歌委員会が廃止され、宮内庁に歌会始委員会が設置されて、歌会始の詠進歌の選者会議に関することとその他の歌会始の儀に関する事項について協議することとなった。これらの数次の組織改正は、戦後の皇室関係事務機構の縮小政策によるものであったが、これは単なる名称や組織、所掌事務の変更にとどまるものではなく、組織の性格の根本におよぶ重大な変更であった。

歌会始委員会は委員長および委員若干人で組織され、委員長および委員は宮内庁職員のうちから宮内庁長官が任命する。委員長には式部官長が任命され、委員には侍従職、式部職その他の関係部局の長などが任命される例であり、現在、委員は八人である。

歌会始の儀に関する事項について意見を聞くため、歌会始委員会に参与若干人を置くことができることになっている。参与は、学識経験者のうちから宮内庁長官が委嘱する。初めての歌会始委員会参与には、元侍従長の徳川義寛が委嘱された。現在、参与は一人である。

歌会始委員会の庶務を処理するため、歌会始委員会に幹事二人および書記若干人が置かれている。幹事は委員のうちから任命され、書記は侍従職、式部職その他の関係部局の宮内庁職員のうちから任命される例であり、現在、書記は六人である。

歌会始委員会の会議は、通常、毎年二回開催される。第一回は六月初旬、選者の人選、詠進歌の受付処理、今後の選歌の進め方、日程などにつき協議する。第二回は十一月下旬、来年の歌会始のお題、詠進要領、召人および読師・読師控の人選、陪聴者などにつき協議する。その他に特に問題があるときは、臨時に会議を開いて協議することになる。

なお、昭和三十七年（一九六二）の歌会始委員会の設置に際し、宮中の歌に関する宮内庁の事務の所掌について再検討が行われ、歌会始については式部職が主管し、その他の事務はそれぞれ関係部局において分担処理することとされた。これにより現在は、歌会始の詠進歌の受付処理、選歌、調査などに関する事務および選者会議や歌会始委員会の庶務に関する事務は式部職の二つの係が分掌し、御製、皇后御歌および月次の詠進などに関する事務は侍従職の一つの係が分掌することとなっている。しかし、それは、本来の事務のいわば片手間に取扱う形になっている。

要するに、現在、御製、御歌に関すること、月次御兼題詠進に関すること、歌会始に関することなど、宮中の歌に関する事務を一括所掌するかつての御歌所のような専門の組織がなく、また相当の歌の心得のある職員がいないのが実状である。これは、宮中に伝えられてきた日本の伝統文化の中心をなす歌に係る事柄であるだけに決して問題なしとは言えない。

六　選者

歌会始の詠進歌の選は、選者によって行われる。

明治十二年（一八七九）から一般の詠進歌のうち特に優れたものを選歌とすることになったが、詠進歌の選は当初は文学御用掛、明治十九年（一八八六）からは御歌掛、そして、明治二十一年（一八八八）から昭和二十一年（一九四六）までは御歌所の点者《てんじゃ》、寄人《よりうど》によって行われた。昭和二十一年（一九四六）四月一日に御歌所が廃止され、詠進歌の選は民間の歌人に選者を委嘱して行うことになった。その第一回の昭和二十二年（一九四七）の歌会始の選者は、旧御歌所の点者などの他に在野歌人の佐佐木信綱、齋藤茂吉、窪田空穂（通治）に委嘱された。昭和二十三年（一九四八）には吉井勇と川田順が入り、昭和二十四年（一九四九）には尾上柴舟（八郎）が入り、昭和二十五年（一九五〇）には釈沼空（折口信夫）が入って選者は全く一新された。

選者についてのこの改革は、お題についての改革とともに、戦後の歌会始の二大改革の一つである。

一　選者　選者は、毎年七月一日に発令される。選者の数は、通常は五人となっている。人選は、特定の系統、流派や結社に片寄らないよう配慮されている。いずれも、日本語の歌の伝統の中でそれぞれの時代の歌を詠んでいる歌人達である。折々に交替を図っているが、通算十回以上にわたって選者を務めた人もあり、窪田空穂、土屋文明は十回、松村英一は十一回、吉井勇は十三回である。御用掛であった木俣修は二十一回、現在、御用掛である岡野弘彦は平成十七年で二十六回になった。

選者は発令と同時に発表され、新聞、テレビ等で報道される。また、次の日の官報に宮内庁告示として公示される。

二 選者会議

選者会議は、通常十二月初旬、宮内庁で開かれる。選者と歌会始委員会の委員・参与などが会同し、宮内庁第一会議室で午前十時から午後五時まで、昼食の時間を除いて、休憩なく集中して行われる。

先ず、歌会始委員会の書記の一人が短歌を一首ずつ二回繰り返して読み上げる。次に、その短歌を選んだ選者がこれを採った理由を述べる。他の選者が意見を述べる。歌会始委員会の委員・参与が意見を述べることもある。新しい発見があり、別の疑問が出る。採られた理由が落ちる理由になることもある。こうして一首ずつ声に出して読み上げ、耳で聞き、協議を重ね、選が進められる。最後に、選歌十首と佳作十五首前後が選ばれて残る。

七 預選者

歌会始の一般の詠進歌のうち選者会議で選ばれて選歌となった歌の作者を「預選者《よせんじゃ》」という。預選者には速達便でその旨を通知し、式の当日まで預選歌を公表しないように注意するいともに、式への参列の有無について問い合わせる。

そして、その数日後、預選者の氏名、住所、生年月日、および職業を発表する。それから、報道関係者の取材活動が始まる。

選歌は、歌会始の儀の当日に発表され、新聞、テレビなどで報道される。また、官報に皇室事項として掲載される。

戦前は預選者は選歌として選ばれた旨の通知を受けるだけであったが、昭和二十三年（一九四八）には式の後、天皇皇后両陛下の拝謁を賜り、式場を参観できるようになった。さらに昭和二十四年（一九四九）には式場の隣室で披講の声が聞けるようになり、そして、昭和二十五年（一九五〇）からは式場に参列できるようになった。昭和二十六年（一九五一）からは賜物を賜るようになり、昭和三十二年（一九五七）からは旅費が支給されるようになった。

預選者には、その詠進歌が歌会始の選歌となったことを証する宮内庁長官の証状が交付される。

預選者の数は、最初の明治十二年（一八七九）は五人、以後、年によってまちまちで四人の年もあれば十三人の年もあったが、概ね七、八人というところであった。戦後は、昭和二十一年（一九四六）までは五人であったが、昭和二十二年（一九四七）から三十七年（一九六二）まではほぼ十五人となり、昭和三十八年（一九六三）から四十四年（一九六九）までは十一人から十五人と異同があった。昭和四十五年（一九七〇）からはほぼ十人となっている。

なお、昭和三十七年（一九六二）からは、選歌に次ぐ優れた詠進歌を佳作として発表することとなった。佳作に内定した詠進者には郵便でその旨を通知し、式の当日まで詠進歌を公表しないように注意するとともに、歌と氏名などは式の当日に発表する旨を通知する。佳作に選ばれた者には、その詠進歌が歌会始の佳作となったことを証する宮内庁長官の証状が交付される。佳作の数には、従前は特別の基準がなく、少なくとも十首を超え、概ね二十首から三十首というところで、最も多かったのは三十五首である。近年は、十五首前後とするのが例である。

海外に在住する日本人または日系人の中から、毎回のように預選者または佳作に選ばれる者が出ている。昭和三十二年には、アメリカ人のルシール・ニクソンさんが預選者となった。

八　召人

歌会始に歌を詠進するよう天皇陛下から特に定められた人を「召人《めしゅうど》」といっている。召人は専門の歌人から選ばれることもあるが、短歌以外の種々の分野で優れた業績を挙げ、社会に貢献している人で歌の道にも優れている人からも多く選ばれている。戦前はその中で歌人を「召歌《めしうた》」といい、それ以外の人を「召人」といったこともあったが、戦後は両方を「召人」といい、召人の詠進した歌を「召歌《めしうた》」といっている。「召歌」の初出は明治十年（一八七七）、「召人」の初出は明治四十年（一九〇七）である。大正七年（一九一八）には元宮内省宗秩寮総裁で後の御歌所長の久我通久、大正十四年（一九二五）には元帥海軍大将の東郷平八郎、昭和四年（一九二九）には宮内大臣の一木喜徳郎などが召人となっている。

戦後は、昭和二十一年（一九四六）から二十六年（一九五一）まではすべて歌人で、以前に御歌所の点者や寄人であった人や優れた歌人でありながら選者になることがなかった人などが召人になっている。昭和二十八年（一九五三）からはこのような歌人の他に、次のような人々が召人に選ばれている。詩人では、佐藤春夫、堀口大学、大岡信。小説家では、谷崎潤一郎、井上靖。劇作家では、伊馬春部。文芸評論家では、山本健吉。書家では、宮本竹逕。画家では、小杉放庵、川合玉堂、安田靫彦、中川一政、奥田元宋。彫刻家では、高村豊周。工芸家では、香取秀真。建築家では堀口捨己。学者では柳田国男、湯川秀樹、金田一京助、牧野英一、南原繁、坂口謹一郎、犬養孝、梅原猛、中西進、藤田良雄。政治家では、井出一太郎。官僚では、佐藤達夫。外交官では久保田貫一郎。司法官では、入江俊郎。実業家では、石坂泰三。女性では、新人の長澤美津、齋藤史の二人など。各界各分野の一流の人々が召人になっている。

このように多彩な各界各分野からの召人の参加は、多数の一般の詠進とともに、宮中の歌会始の儀および短歌の歴史に一層の広がりと深みを加えるものであると言えよう。

召人の数は、昭和二十一年（一九四六）は一人、昭和二十二年（一九四七）は無かったが、昭和二十三年（一九四八）から四十二年（一九六七）までは二人となり、昭和四十三年（一九六八）からは一人となっている。

九　披講諸役

宮中の歌会始では、歌は伝統の古式に従って披講される。

一　披講

歌会において一定の作法によって歌を読み上げ、歌うことを「披講《ひこう》」という。「漢詩の朗詠」に対し「和歌の披講」ともいう。また「歌披講《うたひこう》」ともいう。新作の和歌を発表する意味もあって、先ず歌を節を付けずにゆっくりと読み上げ、次に節を付けて歌う。旋律は一定しており、調子は三種しかなく、楽器による伴奏もない。しかし、「朗詠」と同じく、「披講」は音楽（声楽）の一分野として位置づけられている（吉川英史『日本音楽の歴史』創元社　八六頁以下参照）。

二　披講諸役

歌会において披講を務める人々を「披講諸役《ひこうしょやく》」（または「披講所役」）という。「読師《どくじ》」は、披講を進行させる役である。「講師《こうじ》」は、歌を披露する役である。歌題、作者名、出身地などを紹介し、歌の五句を各句に区切って節を付けずに読み上げる。歌を読み上げて先ず歌の言葉、意味内容を理解させるためのものである。「発声《はっせい》」と「講頌《こうしょう》」は、歌を吟誦する役である。講師が歌を読み上げた後、発声が第一句を独唱し、講頌が第二句から加わって斉唱する。歌を歌い、言葉の調べ、声の響きを楽しみ、歌を音楽として鑑賞するためのものである（菊葉文化協会編『宮中歌会始』毎日新聞社　七七頁以下参照）。

披講諸役の配役は、宮内庁があらかじめ式部職嘱託（非常勤の国家公務員）として委嘱した「披講会」（会長　坊城俊周）の会員のうちから、その都度、定められている。

十　陪聴者

召人、預選者、選者などの他の者で、歌会始の儀の披講を聴くために式場に参列を許された者を「陪聴者《ばいちょうしゃ》」という。

宮中歌会始の陪聴者は、戦前は殆どが官吏であって、人数も十人前後であり、式場の外で陪聴したものであった。

戦後は次第に範囲も広がって人数も多くなり、式場で陪聴するようになった。

現在は、内閣関係では、内閣総理大臣、国務大臣、内閣法制局長官および内閣官房副長官。国会関係では、衆議院・参議院の議長・副議長および議員。裁判所関係では、最高裁判所長官および最高裁判所判事。国の行政関係では、文部科学事務次官、文化庁長官および総務事務次官。地方公共団体関係では、全国市町村会の役員など。芸術文化関係では、日本芸術院会員、日本芸術院賞受賞者、文化勲章受章者、文化功労者および歌人その他の芸術家。学術教育関係では、大学の学長および文学部の教授・名誉教授、高等学校・中学校・小学校の校長。そして報道関係者など。これらの範囲からそれぞれの関係機関の推薦を受けて、毎回一〇〇人前後の陪聴者が選ばれている。

外国人にも陪聴の機会があり、これまでにアメリカ人のエリザベス・ヴァイニング（作家、東宮殿下教師〈天皇陛下の皇太子時代の先生〉）、エドワード・サイデンステッカー（日本文学研究家）、イギリス人のエドモンド・ブランデン（詩人）、ジェイムズ・カーカップ（詩人・作家）や各国の駐日大使などが陪聴者となっている。

十一　歌会始の儀（儀式）

歌会始の儀は、天皇陛下が御主催になる新年恒例の宮中の儀式である。

一　期日

歌会始の儀の期日は、毎年一月中となっている。戦前から戦後の昭和二十八年（一九五三）までは概ね一月下旬に行われていたが、昭和二十九年（一九五四）からは一月上・中旬、それもほとんど十日から十四日までの間に行われるようになっている。新年の宮中行事を正月半ば過ぎまで続けることを避ける配慮である。

二　式場

歌会始の儀の式場は、宮殿の正殿松の間である。正殿松の間は、内閣総理大臣及び最高裁判所長官の親任式をはじめ国務大臣その他の認証官の任命式や勲章の親授式、駐日外国特命全権大使の信任状奉呈式など、宮中の最も重要な儀式が行われる場所である。歌会始の儀は、講書始の儀とともに、皇室の最も重要な儀式の一つとして、この正殿松の間で行われているのである。戦前は明治宮殿の鳳凰の間と決まっていたが、昭和二十年（一九四五）五月二十五日の戦火で宮殿が焼失したので、宮内庁庁舎の三階を仮宮殿とし、戦後の第一回、昭和二十一年（一九四六）からは仮宮殿の表一の間、昭和三十六年（一九六一）からは西の間、昭和三十七年（一九六二）からは北の間というように変わった。陪聴者などの参列者を少しでも多くしようという趣旨によるものであった。昭和三十七年（一九六二）からは式場が大幅に広くなったため、儀式のテレビジョン放送が始まった。これにより歌会始はさらに国民に身近なものになった。いわば中継放送を通じてさらに多くの人々が歌会始の儀に参加することができるようになったのであり、この意義は大きい。昭和四十五年（一九七〇）からは新しい宮殿の正殿松の間で行われるようになった。次第にテレビジョンの放送技術も進歩し、中継の方法も改善されて儀式の厳粛な雰囲気と和歌の披講の楽しさを式場の実際にかなり近く伝えるようになってきている。日本放送協会の関係者の理解と尽力を高く評価するとともに、さらなる改善をお願いしたい。

三　次第

歌会始の儀の儀式の次第は、天皇陛下がお定めになる。この次第は古来の慣例、作法に基づくものであり、戦前は皇室儀制令（大正十五年皇室令第七号）の附式に定められていた。戦後はこれに準拠して毎年、式部官長起案、宮内庁長官決裁の後、天皇陛下がお定めになっている。

四　服装

歌会始の儀の服装は、男性はモーニングコート、紋付羽織袴またはこれらに相当するもの（制服など）とされ、女性はロングドレス、デイドレス（絹又は絹風のワンピース、アンサンブルなど）、白襟紋付（色留袖、訪問着）またはこれらに相当するもの（制服など）とされている。女性の洋装の場合、帽子、手袋は随意である。和装の場合、黒留袖でもよく、また、襟だけでも白重ねをするのが望ましいとされている。紋の数は、随意である。

五　参列者の入場

儀式は午前十時三十分から始まるが、参列者の皇居への参入は午前九時から始まる。午前九時三十分までに預選者が宮殿の松風の間に参集し、係員から式の次第をはじめ今日一日の行事予定について説明を受ける。午前十時までに陪聴者が春秋の間に参集し、式部官から式の進行について説明を受ける。同じく午前十時までに召人、選者および披講諸役が千鳥の間に参集し、宮内庁長官、宮内庁次長、式部官長、歌会始委員会委員などと顔合わせをする。

そして、午前十時十分、参列者の式場への入場が始まる。先ず宮内庁次長が正殿松の間に入場して、参列者の入場を待受ける。次に歌会始委員会の委員および参与が入場する。次に陪聴者、次に預選者、次に預選歌の懐紙の入った硯蓋を持った歌会始委員会幹事を先頭に披講諸役、続いて召人と選者が入場する。そして、最後に宮内庁長官が入場する。式場への入場は、儀式の前段をなすものとして、このように順序を正して粛粛と行われる。

一同の入場、着席が終わると、歌会始委員会幹事が立ち上がり、預選歌の懐紙の入った硯蓋を持って式場中央の披講席に進み、これを卓の上に置き、自席に戻って着席する。式場は静まり返り、次第に緊張した雰囲気となる。

六 御入場

定刻午前十時三十分、天皇陛下が皇后陛下とともに正殿松の間にお出ましになる。お出ましは、正面に向って右側の扉からである。一同起立してお迎えする。式部官長が先導し、皇太子同妃両殿下はじめ皇族殿下方がお供をされ、侍従長、女官長、侍従、女官が随従する。服装は、天皇陛下はじめ男性はモーニングコート、皇后陛下はじめ女性はローブモンタントである。侍従は御製の御懐紙の入った文庫を、女官は皇后御歌の御懐紙の入った文庫を捧げ持っている。御懐紙文庫には、紫の袱紗《ふくさ》がかけられている。天皇皇后両陛下は、式場中央正面のそれぞれの御席にお着きになる。召人、選者、披講諸役や預選者と向き合った形である。正面に向って天皇陛下の斜め左横に皇太子殿下はじめ親王殿下が着席され、その後方に侍従長、侍従が着席する。皇后陛下の斜め右横に皇太子妃殿下はじめ親王妃殿下、内親王殿下が着席され、その後方に女官長、女官が着席する。

一同着席の後、侍従と女官が御懐紙文庫を持って同時に立ち、式場正面の若松の絵文様の衝立の後ろに入って袱紗をとり、御懐紙文庫を捧げ持ってそれぞれ天皇陛下、皇后陛下の御前に進む。侍従は天皇陛下の御卓の上の小蓋の中に御製の御懐紙を移し、女官は皇后陛下の御卓の上の小蓋の中に皇后御歌の御懐紙を移す。終わって、侍従と女官が衝立の陰に入って御懐紙文庫を置き、それぞれの自席に戻って着席する。

七 披講

式部官長の目くばせ（合図）により、読師が自席を立って披講席に着く。そして読師は硯蓋の中から預選歌の懐紙を取って硯蓋の左脇に置き、硯蓋をゆっくりと裏返しにする。この読師の所作は極めて象徴的である。硯蓋が裏返ることにより、式場はいわば散文の世界から韻文の世界へ、歌の世界へと変わる。そこで読師は、講師に目くばせをする。講師は、発声（一人）、講頌（四人）とともに自席を立って披講席に着く。

いよいよ披講の始まりである。読師は第一首の預選歌の懐紙（一番下の一枚）を抜き取って、裏返しになった硯蓋の上に置く（選歌は詠進のときは半紙に書かれているが、披講のときは懐紙に書き直してある）。披講は慣例により、選歌、選者の歌、召歌、皇族御歌（代表一首）、皇太子妃御歌、皇太子御歌、皇后御歌、御製の順で披講される。現在、披講されている歌は、全部で十七首である。昭和二十一年（一九四六）までは、皇族、宮内大臣、侍従長、御歌所長、寄人などの歌も全部披講していたが、その後、選歌の数を増したため、儀式の時間が長くなり過ぎないように、また後には儀式の時間そのものを短くするために、数次の調整の結果、現在の形になっていったものである。選歌十首は、便宜、年齢順とし、若い方から披講される（昭和四十二年（一九六七）までは、氏名の五十音順としていた）。

先ず、講師が「年の初めに同じく『〇〇』、ということを勅《おおせごと》によりて詠める歌」と声を上げる。これを端作《はしづくり》という。『〇〇』のところは、その年のお題が入る。平成十六年であれば、『幸』となる。次に披講すべき第一首の預選者の住所の都道府県名と氏名を読み上げる。「大阪府　松本の　みゆ」というように氏と名の間に「の」を入れて呼び上げる。呼び上げられた預選者は無言で起立し、天皇陛下に一礼する。講師は歌の五・七・五・七・七の各句をゆっくりと間を取って節を付けず真直に読み上げる。次いで初句を発声が節を付けて歌い出し、第二句以下を講頌四人が加わって一緒に歌い上げる。斉唱である。昔は読師がその名のとおり、歌を読み上げたこともあったが、今は一言も発しない。全て無言のうちに披講の進行役を務めるのである。こうして第一首の披講が終わる直前に、読師は第二首の預選歌の懐紙を取り出し、披講が終るとこれを硯蓋の上にある第一首の預選歌の懐紙の上に置く。預選者は天皇陛下に一礼して着席する。第二首からは端作はなく、預選者の都道府県名と氏名が読み上げられ、以下は第一首と同様に進む。

預選歌の披講が全部すむと、選者（代表一人）の歌が披講される。選者については、「選者永田の和宏」というように読み上げる。選者が起立、一礼し、以下は、預選者の場合と同様である。

次に召人の歌が披講される。召人については、「大岡の信」というように氏名だけを呼び上げる。以下は、これまでと同様である。

次に皇族殿下（代表一方）の御歌一首。お名前は例えば、秋篠宮殿下（文仁親王）は「ふみひとのみこ」、秋篠宮妃殿下（文仁親王妃）は「ふみひとのみこのみめ」、紀宮殿下は「さやこのひめみこ」というように読み上げる。以下は、これまでと同様である。

次に皇太子妃殿下の御歌、次に皇太子殿下の御歌と進む。お名前は、皇太子妃殿下は「ひつぎのみこのみめ」、皇太子殿下は「ひつぎのみこ」と読み上げる。以下は、これまでと同様である。

皇太子殿下のお歌の披講が終わると、読師は披講席を立って皇后陛下の御前に進み、御卓上の小蓋の中の皇后御歌の御懐紙を戴いて下がり、披講席に戻って着席し、これを広げ、卓の上に置く。次に読師と講師は起立して御懐紙を黙読し、終わって着席する。そして、講師が『幸』ということを詠ませ給える皇后宮《きさいのみやの》御《み》歌《うた》」というように読み上げる。いち早く宮内庁長官が起立し、一同起立。皇太子同妃両殿下はじめ皇族殿下方も起立される。皇后陛下も御起立になり、天皇陛下に御一礼になる。諸役のうち読師は、起立する。講師は、御歌を読み上げた後、起立する。皇后御歌の披講は二回行われる（従前は三回であったが、儀式の時間を短縮するため昭和三十五年から二回になった）。終って皇后陛下が天皇陛下に御一礼になり、御着席になる。全員着席。読師は御懐紙をもとのように折り整え、披講席を立って皇后陛下の御前に進み、御懐紙を御卓上の小蓋の中にお返しする。

続いて、読師は天皇陛下の御前に進み、御卓上の小蓋の中の御製の御懐紙を戴いて下がり、披講席に戻って着席し、これを広げ、卓の上に置く。次に読師と講師は起立して御懐紙を黙読し、終って着席する。そして、講師が「『幸』ということを詠ませ給える御製《おおみうた》」というように読み上げる。いち早く宮内庁長官が起立し、一同起立。皇太子同妃両殿下はじめ皇族殿下方が起立され、皇后陛下が御起立になる。諸役のうち読師は、起立する。講師は御製を読み上げた後、起立して一礼し、披講席からもとの自席に戻って立つ。御製の披講中に披講席を立って自席に戻るのを奇異に思われる向きもあるが、御用の終わった者は直ちに退下する、というのが伝統の作法である。これは、日本人の美学ともいえよう。御製の披講は三回行われる（従前は五回であったが、儀式の時間を短縮するため昭和三十五年から三回になった）。二回、三回と繰り返すことにより、歌の味わいと楽しみはより深く大きなものとなる。終って全員着席。発声と講頌は起立して一礼し、披講席からもとの自席に戻って着席する。これで披講は、全て終る。読師は御懐紙をもとのように折り整え、披講席を立って天皇陛下の御前に進み、御懐紙を御卓上の小蓋の中にお返しし、披講席に戻って着席する。そして読師は硯蓋の上の詠進歌の懐紙を取って硯蓋の左脇に置き、裏返しの硯蓋をゆっくりと表に戻し、その中に詠進歌の懐紙を入れ、文鎮で押える。そして読師は起立して一礼し、披講席からもとの自席に戻って着席する。

八　御退出

そこで侍従と女官が同時に立ち、衝立の後ろに入って御懐紙文庫をとり、それぞれ天皇陛下、皇后陛下の御前に進み、御卓の上の小蓋の中の御懐紙を御懐紙文庫に移し、再び衝立の陰に入って袱紗をかけ御懐紙文庫を持ってそれぞれの自席に戻り、着席する。

そして天皇陛下が皇后陛下とともに正殿松の間を御退出になる。御退出は、正面に向かって左側の扉からである。お列は、お出ましの時と同じである。一同起立してお見送りし、御退出後、着席する。これで、歌会始の儀の式は、全て終る。

他の宮中の儀式と同じく、式の進行は司会者の発言によることなく、終始無言のうちに行われる。簡潔にして粛粛たる進行である。ここに、より完成され、洗練された伝統の様式の美しさがある。

九　参列者の退出

この後、歌会始委員会幹事が立って披講席に進み、卓上の預選歌の懐紙の入った硯蓋を下げ、自席に戻って着席する。それから、参列者の式場からの退出が始まる。入場のときとは逆に、先ず宮内庁長官が正殿松の間から退出する。次に召人、選者、続いて硯蓋を持った歌会始委員会幹事と諸役が退出する。次に預選者、次に陪聴者、続いて、歌会始委員会の委員および参与が退出する。そして、最後に宮内庁次長が退出する。式場からの退出も、儀式の後段をなすものとして、このように順序を正して粛粛と行われる。

十　拝謁、賜物、賜饌、祝酒、選者との懇談など

式場を退出した召人、選者および諸役は、竹の間で天皇皇后両陛下の拝謁を賜り、千草の間で宮内庁長官から賜物の伝達を受ける。終わって石橋《しゃっきょう》の間で賜饌をいただく。宮内庁長官、侍従長、宮内庁次長、式部官長、歌会始委員会の委員・参与などが同席し、お酒も出て和やかな歓談となる。終って召人と諸役は北溜で賜物と賜饌のお礼の記帳をし、皇居を退出する。選者は北溜で賜物と賜饌のお礼の記

帳をし、宮内庁庁舎に移り、小憩する。

一方、陪聴者は春秋の間で祝酒をいただき、皇居を退出する。

他方、式場を退出した預選者は連翠《れんすい》で天皇皇后両陛下の拝謁を賜り、松風の間で宮内庁次長から賜物の伝達、祝詞を受ける。終って宮内庁の玄関前で記念写真の撮影、講堂で記者会見の後、特別食堂で賜饌をいただく。お酒も出てやや緊張も解けてくる。

その後、午後二時二十五分頃から特別会議室で預選者と選者との懇談会がある。歌会始委員会の委員・参与なども同席する。歌会始委員会幹事の司会により、預選者がそれぞれ自己紹介の後、その歌歴や預選歌の背景、動機や現在の心境などについて話をし、選者がそれぞれに講評や感想を述べ、質問、応答がある。お茶とお汁粉（お代りがある）が出て、約一時間、懇談が続く。終わって選者が皇居を退出する。全てが終わって預選者が宮殿の北溜で賜物と賜饌のお礼の記帳をして皇居を退出するのは、午後四時近くとなる。

（文中敬称略）

（平成十・十一年「和歌の披講」公演プログラムより）

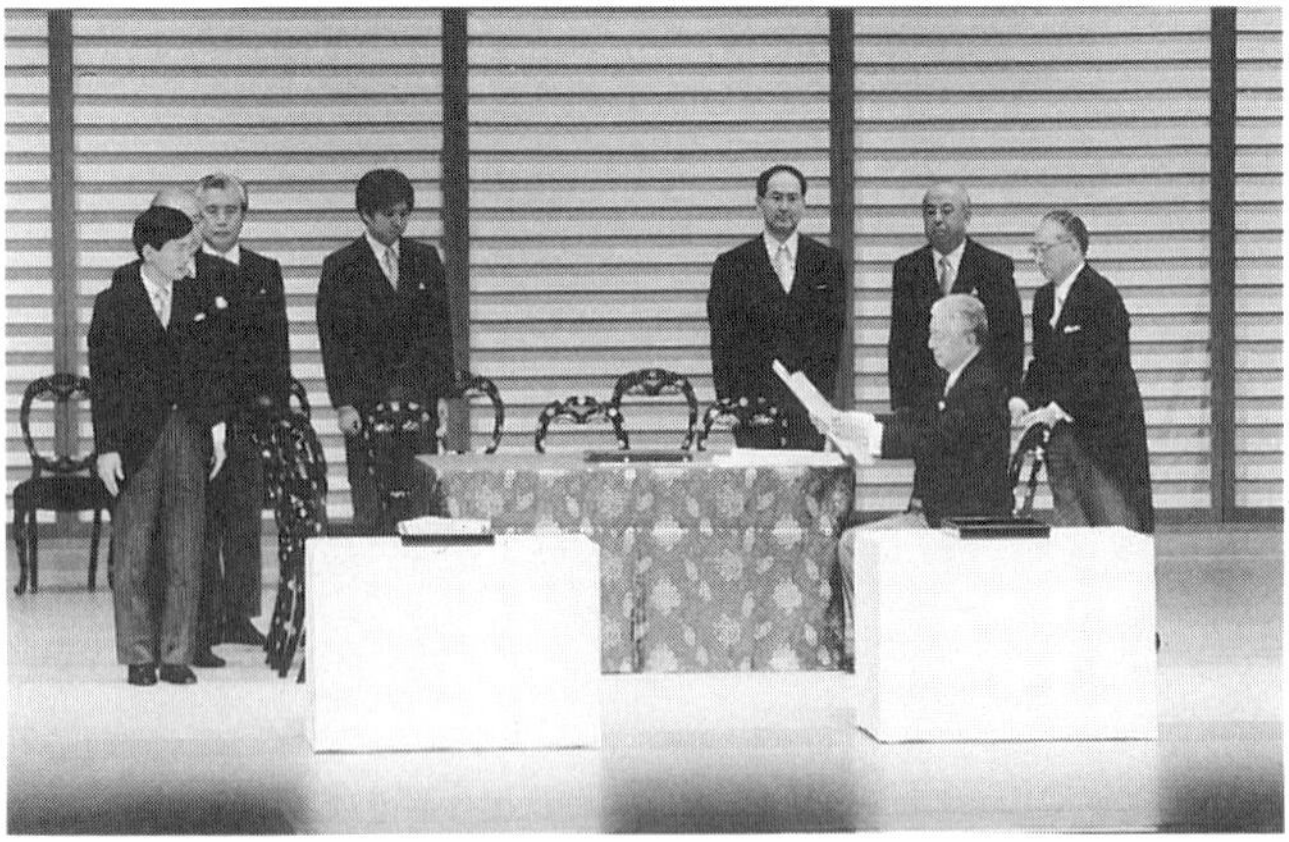

伝統文化鑑賞会「和歌の披講」より（平成10年）

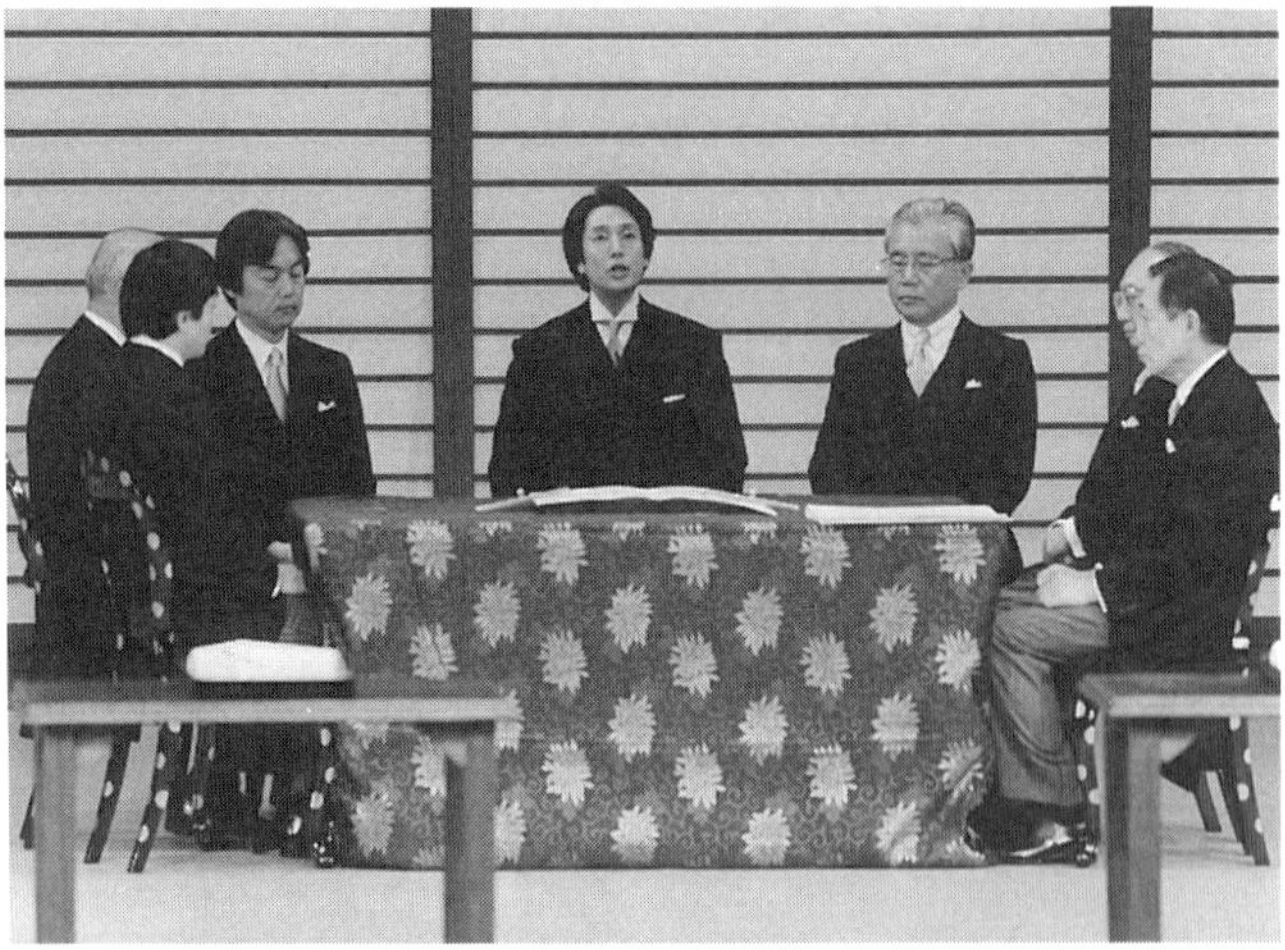

伝統文化鑑賞会「和歌の披講」より（平成14年）

三　朗詠と披講について

青柳隆志

「朗詠」ということば

「朗詠」ということばは、一般に詩や歌をうたうことを表す言葉としてひろく用いられ、「歌会始」の新聞記事などにも、「古式に則って朗詠された」といった言い回しがしばしば見受けられる。「和歌の朗詠」などという言い方もひろく市民権を得ているようである。

しかしながら、歴史の上で見ると、すくなくとも室町期以前に、和歌を「朗詠」する、という言い方をした例は、実はただの一つも存在しないのである。「朗詠」とは、平安中期、おそらく十世紀の前半以降までに成立した歌謡の一種で、もっぱら「漢詩文」に節をつけて吟誦するものであった。このため、単に「朗詠」と言えば、著名な詩文を吟ずることに限定されており、「和歌はずん（誦）じ、なが（詠）めはしても、朗詠とはいわなかった」（川口久雄氏）のである。つまり、「和歌の朗詠」とは、ごく近年にできた、あたらしい言い方で、歴史的な背景を踏まえたものではないことを、まずご承知おき願いたい。

「朗詠」とは、『文選』や『白氏文集』などに見える言葉で「澄み通った声で詩歌を吟ずる」という意味であるが、この言葉をわが国において初めて用いたのは、平安朝の詩人、菅原道真（八四五～九〇三）であり、貞観六年（八六四）のことであった。

願昇二一処之覚岸一。瑠璃之地、長作二優遊之階墀一、宝樹之華、定為二朗詠之玩好一。

（『菅家文草』巻十一、為二大枝豊岑・真岑等先妣一周忌法会願文）

こののち、「朗詠」という言葉は、いくつかの段階を経て一般に定着した。十世紀の前半には、「詩会」において、天皇の御製詩を臣下が揃って吟ずるときに、「朗詠」という言葉が用いられている。

次散三位亦有㆓佳句㆒。勧坏。毎㆑有㆓麗句㆒、令㆓博文朝臣詠㆒、到㆓御製㆒、群臣盛発、共朗詠。

（『政事要略』巻二十四所引『吏部王記』延長四年九月九日条）

また、十世紀の後半には、「詩会」ばかりでなく、通常の宴席で詩が吟じられる場合にも、それを「朗詠」と呼んだ例が非常に多い。

公卿八人参入。庁儲㆑饗。公卿有㆓酔気㆒、朗詠・唱歌。

（『小右記』永観二年十月七日条）

こうして、「朗詠」という言葉は、詩の吟誦を表す、いわば一種の流行語となったが、その定着をさらに決定づけたのは、藤原公任（九六六～一〇四一）の編んだ『和漢朗詠集』であった。『和漢朗詠集』の成立は、長和二年（一〇一三）ごろと考えられるが、当時は、詩文の吟誦がとりわけ盛んな時代であった。『枕草子』や『源氏物語』にも、そうした記述が多数見えるが、当時第一級の文人であった公任は、そうした風潮のなかで、吟誦に値すると思われる「和漢」の佳句（漢詩文五八八首・和歌二一六首）を選び出し、また、それに相応しい書名として、当時流行の「朗詠」という言葉を取り込んだのである。そして、この『和漢朗詠集』によってひろく一般化した「朗詠」ということばは、そのまま、完全に「詩文の吟誦」を表すものとして固定してしまった。そして、時代が下ると共に、「朗詠根本七首」「朗詠九十首」、「朗詠二百十首」などのように、一定の曲数をもつ歌謡の名称として定着し、その伝統は近代に至るまで続いたのである。

講頌と朗詠

「朗詠」という歌謡は、どのようにして生まれてきたのであろうか。

「朗詠」は、古くから、「博士詩を講ずる時のせう（頌）のこゑといふより事をこれり」（『文机談』）と言われてきたが、これはおそらく正しいであろう。平安初期以降、「詩会」では、講師（博士）による詩の読み上げと、参加者による秀句の吟誦が行われていた。この「秀句の吟誦」（講頌）は、講師による一本調子の読み上げとは異なり、音楽性のより高いものであったことは想像に難くない。そしてその歌い方は、おそらく多人数が一斉に歌うことができるよう、一定のかたちに統一されていたであろう。さらに、詩会においては、講師が「頌声」という独特の声をあげたことも知られる（青柳隆志「頌声考」『東京成徳大学研究紀要』第十号）。こうした曲調が、「朗詠」の原型となったものと考えられるのである。【図1】

しかし、「朗詠」は、その範囲のなかにとどまることがなかった。漢詩文はもともと中国で

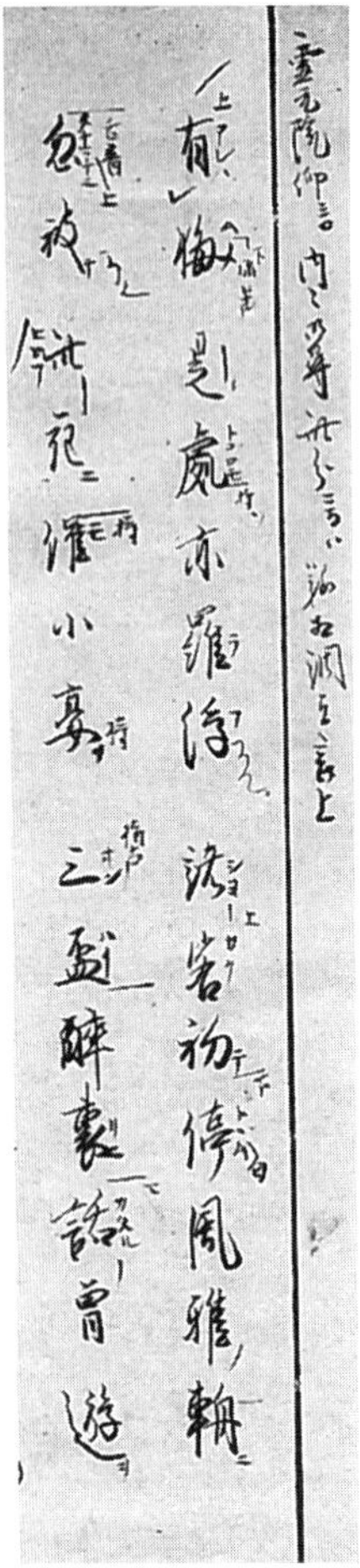

【図1】 珍しい江戸期の詩披講譜（天理大学附属天理図書館蔵）

は、時には楽器を伴ってさまざまな形で歌われていた経緯があり、わが国でもすでに平安の初期に琴などの楽器の伴奏と共に吟じられたことが記録されている。さらに、漢詩文は詩型がさまざまに異なるため、その形態に応じて多様な曲調が求められてくる。それゆえ、著名な佳句に対して、それぞれ異なった曲がつけられてゆき、やがて、多くの詩人や貴顕たちのあいだでもてはやされていった。このように、一首一首について曲が異なっているという点が、「詩会」における詩文の吟誦と、「朗詠」との間の、決定的な差違なのである。

では、和歌の場合はどうであろうか。『枕草子』・『源氏物語』等には、人物が著名な歌の一部を口ずさむ吟誦の例がかなり多数見られる。つまり、和歌もまた「朗詠」と同じように、吟誦の対象とされていたわけである。

この吟誦も、「詩会」の場合とおなじく、もともとは、「歌会」・「歌合」などにおける講師の読み上げと、参加者による吟誦(講頌)の調子に基づくものであろう(滝川幸司氏の説くように、和歌の披講は、基本的に、詩会での披講の形態を模倣したものと考えられる)。しかし、和歌の場合には、詩型が常に一定であるため、「歌いもの」としてのヴァリエーションが、詩文の場合に比べて、比較的生じにくかったと考えられる。「和歌の吟誦」そのものは、すでに『万葉集』以来の長い伝統があり、時には、

かひなくて、御供に声ある人して歌はせたまふ。

朝ぼらけ霧立つ空のまよひにも行き過ぎがたき妹が門かな

と、二返りばかり歌ひたるに……。(『源氏物語』若紫)

のように、声を挙げて高らかに歌う場合もあったとみられるが、そのふしは、「催馬楽」のような特定の楽曲を充てる場合を除き、ごく限られたものであったと考えられる。現行の「歌会始」で用いられる講頌のふしは、あらゆる和歌に対して、わずか三種類であるにしか過ぎない。「和歌の披講」はこのように、「朗詠」のような劇的な発展を見せることなく、限られたパターンの曲調を基本として守り続けてきたのである。同じように「講頌」を出発点としながらも、漢詩文の「朗詠」と和歌の吟誦とは、のちに大きなへだたりを見せることになったわけである。

披講のふしと朗詠のふし

それでは、「朗詠」と「和歌の披講」のふしは、具体的にはどのように異なっているのであろうか。

「朗詠」は現在、宮内庁式部職楽部によって伝えられており、その数は計十五首である。しかし、妙音院大相国藤原師長（一一三八～一一九二）の頃には、朗詠曲は二百十首に達していたとされ、じっさい、古い譜本によれば、それに近い数の朗詠曲が実在していたことが知られる。【図2】の右端は、古来最もよく朗詠されてきた、公宴常用曲

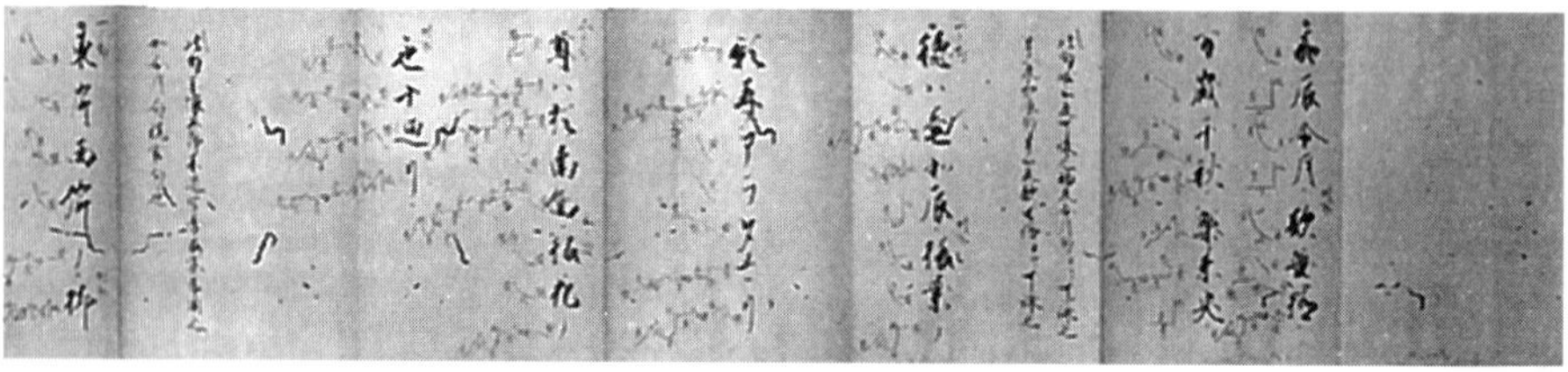

「嘉辰令月」の譜本（節博士と音の高さが記されたもの。右から左にたどって読む）であるが、一見してわかるように、「朗詠」は、音の上下や、長く変化に富んだ節回しなどを有している。実際の聴覚印象としては、「神楽歌」の曲調に近いといわれるが（部分的に同じ節がある）、他の雅楽曲のように、一つの言葉を延々とのばして歌う、ということは必ずしもなく、例えば「嘉辰令月」の部分などは「かァしぃん、れェい、げェつ」のように、ほぼ普通の言葉として聞こえる。「朗詠」はその性質上、古くから文人である貴族たちによって行われることが多く、彼らは必ずしも音楽の専門家ではなかった。従って、あまり難しい節回しや長すぎるフレーズは敬遠され、素人でも朗々と歌うことのできるような形に落ち着いたのであろう。なお、「朗詠」は、古くは素で歌われたが、平安末期以降、基本的には三管（笙・龍笛・篳篥）の伴奏をともなって、「雅楽」のひとつとして音楽的に演奏されることが多い（対して、和歌の披講には、伴奏を伴うことがない）。

これに対し、宮中の「和歌の披講」は、宮内庁式部職楽部ではなく、おなじ宮内庁式部職嘱託の「披講会」に委嘱されている。「披講会」（会長　坊城俊周氏）には「冷泉家」「綾小路家」「大原家」等の各家を通じて披講の伝承が行われ、現在の会員に受け継がれて、今日の「宮

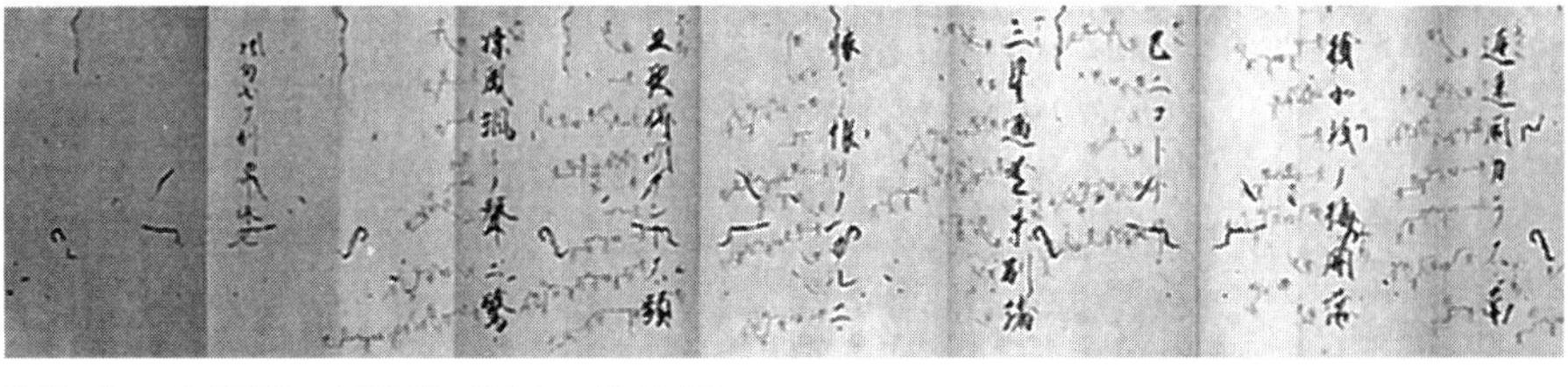
【図２】　江戸期の朗詠譜（折本。筆者蔵）

中歌会始」の和歌披講を支えている。「披講」の所役には、「講師」「発声」「講頌」があるが、このうち、歌の読み上げを担当する「講師」と、吟誦の最初の部分を担当する「発声」の二つは、専門職としてほぼ一人ずつに定まっており、あとの「講頌」の人数は時に応じて変わるようになっている。

「講師」の読み上げは、「黄鐘調」（洋楽のA音）で、一句一句、区切って行われる。各句の終わりを長く引き延ばし、かなり休止を置いて次の句に移るので、ゆっくりとした印象を与えるが、講師は歌の内容を伝えることを第一義とするので、不必要に遅いことはない。「発声」（最初の一句から吟ずる）と「講頌」（残りの四句を吟ずる）の調子は、宮中の「歌会始」では甲調・乙調・上甲調の三種であるが、このうち上甲調は甲調を完全五度上で歌うものであり、もともとは甲・乙の二調があるのみであった（これに対し、「冷泉家」の披講では、上甲調がなく、乙の甲（高）、乙の乙（低）という二つの調子が加わる）。【図3】に示したのは、室町時代に書かれた和歌の披講譜であるが、前ページの「朗詠譜」と比較

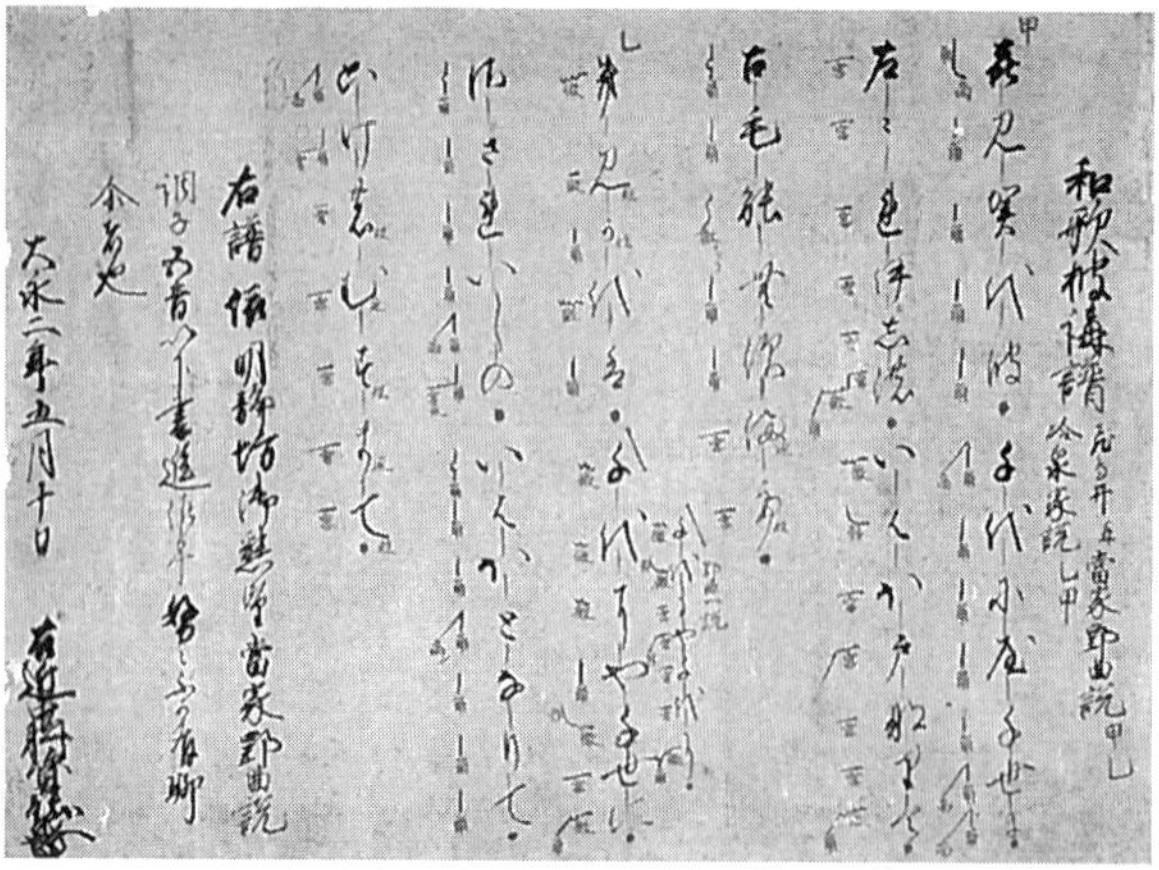

【図３】 大永二年（1522年）綾小路資能筆『和歌披講譜』（青山子爵家旧蔵。筆者蔵）

してもわかるように、その曲譜はほとんど直線のみで表わされ、複雑な曲節も認められない。実際の聴覚印象でも、「甲調」は邦楽における「ツク」に近い装飾音や、各句の終わりに独特のふし回しがあるものの、基本的には平坦に歌い延ばしてゆき、徐々に下降調になって、消え入るような低音で終わる、というスタイルのものである。これに対して、「乙調」は比較的音楽性がつよく、「発声」の歌い出す、初句のふし回しからも「歌い上げる」という感じの強いものであるが、「朗詠」や他の雅楽の曲に比べると、各句がそれぞれ一息の長さで収まるため、進行が早く、やはり簡素なものという印象がある。つまり、和歌の「披講」のふしは、純粋な楽曲として歌われるものというよりは、あくまで、歌詞の内容を伝えることを念頭に置いた、素朴古雅な節回しのものである、ということができる。すでに良く知られている著名な詩句を、伴奏つきで高らかに歌い上げる「朗詠」と、毎度あたらしい歌詞を、無伴奏で同じ調子に歌わなければならない「披講」とは、おのずからその性質を異にするわけであり、その意味において、こうしたはっきりとした差違が見られることはむしろ理の当然と言えるであろう。

【図4】『源氏物語』において詩歌の吟誦に相当する動詞

歌	詩	動詞
17	10	うち誦ず
0	9	誦ず
13	2	ひとりごつ
6	2	口ずさぶ
6	1	のたまふ
4	2	聞ゆ
4	0	ながむ
3	0	言ふ
3	0	言くさにす
2	0	うそぶく
2	0	恨む
1	0	うち語らふ
1	0	口がたむ
0	1	口なる
1	0	ほのめかす
1	0	わななかす

このような傾向は、平安時代からすでに存していたようである。『源氏物語』には、前述のように、詩文・和歌双方の吟誦の例が見られるが、興味深いことに、その吟誦をあらわす動詞【図4】を見てみると、例えば「誦（ずう）ず」という動詞は、詩の

場合には用いられるが、和歌の場合にはすべて「うち誦（ずう）ず」という形になることがわかる。「誦ず」は、例えば経を読む時などにも用いられる、荘重な印象のあることばであり、対して、「うち」は「ちょっと」といったように、その行動の程度が軽いことを示す接頭語である。このことから、『源氏物語』の当時にも、重々しい詩文の吟誦に対して、和歌はより軽度な形で、口ずさみのように吟誦されていたことが窺われる。これは、当時、「朗詠」が男性文人専用の歌いものであったのに対し、和歌の吟誦が男・女ともに行われる、きわめて日常的なものであったことが大きく関わっているであろう。そうした、使用される場面の違いが、両者の差違を生み出した、もう一つの原因なのである。

披講と朗詠のちがい

さきほど述べたように、現在では、「朗詠」と「披講」の担い手は全く別である。つまり、「朗詠」は音楽として伝承され、「披講」は「歌会」という限られた状況の中で行われる文学的行事として伝えられてきたのである。しかし、かつては、音楽の専門家が「披講」に参加することがあった。「講師」は多くの場合、四・五位の歌人があてられることが多かったが、その背後で吟誦を行う「講頌」には、歌人たちのほか、「郢曲人」（朗詠・今様などの歌い手）と呼ばれる、音楽の専門家が参加するケースがしばしば見られた。披講の場を盛り上げるために、声の良い人物を参加させることは、演出のうえで当然のことであろう。初期は二・三人であった「講頌」が、鎌倉後期～室町時代にかけて、七・八人にまで増えていったのも、そうした傾向を反映するものである（現在では、「発声」・「講頌」あわせて五人）。

しかし、和歌の披講と、そうした音楽家のありようは、必ずしも相容れるものではなかった。たとえば、鎌倉期の著名な歌人である藤原家隆（一一五八～一二三七）が講頌をした際、その声が「細声」であったために、同じく講頌に参加していた「郢曲人」藤原経通（一一七六～一二三九）が、吹き出して笑ってしまうという事件が発生した。

披講之時、経通ハ依二音曲一近ク参テ詠、家隆ハ依レ為二歌仙一、又近進。双袖テ詠ニ、家隆出二細声一、経通吹出テ笑。尤無骨、家隆有二腹立之気一、経通尤無レ由事歟。

（『順徳院御記』建保六年九月十三日条）

たしかに、専門家である経通から見れば、音楽家ではない歌人の講頌は、稚拙で笑うべきものであったかも知れない。しかし、披講はあくまで、歌の内容を良く聞き味わうことを本義とするものであって、音楽性は二義的なものである。「披講」も、長い歴史の中にあっては、時にそうした音楽性が前面に出ることもなかったわけではない。しかし、心ある歌人たちは、それを苦々しいものと感じ、あくまで、素朴な披講の調子を保持することにつとめてきたのである。

此比の人々の会に連なりて見れば……披講の時を分かず心々に物語をし……高く詠ずるをよきこととて、首筋をいからかし、声をよりあげたるやうなど、いみじう心づきなし。

（『無名抄』）

現在でも、披講にたずさわる人々は、例えば「謡曲」などの歌いものを習わないとされるが、これは、そうした他の楽曲の音楽的な調子が、披講に入り込んでしまうことを恐れてのことである。こうした、たえざる気配りと日々の習練の上に、詩文の「朗詠」とはまた違った、独特の「披講」の調子が、現在まで保持され、そしてまた未来へと確実に受け継がれてゆくのである。

（平成十年「和歌の披講」公演プログラムより）

四

京都御所における和歌御会始

酒井信彦

一　序

現在の我が国では国際化の重要性が叫ばれており、またその反面として日本の伝統文化への関心が高まっているようである。その伝統文化の中に和歌・俳句と言う、極めて簡略な作詩文学が存在し、庶民に至るまで広く親しまれているのは、世界に誇るべき日本の特質であろう。ところで和歌に関する皇室の伝統行事として、「歌会始」なる年中行事がある。約十首の入選歌を目指して、毎年約二万の応募がある。当日はその模様がテレビ中継されるし、新聞にも大きく報道されるから、最も有名な皇室行事と言えるだろう。しかしその歴史、特に江戸時代以前の「和歌御会始」と呼ばれた時代の歴史については、研究が全くと言って良いほど存在しなかった。そのため間違った、或いは不正確な説が流布している状況である。私は近年和歌御会始の歴史を調査してみたので、本稿ではその大要を紹介することにしたい。

二　和歌御会始成立までの前史

では歌会始の前史、特にその起源についての諸説を簡単に紹介しておこう。代表的な百科事典である平凡社の『大百科事典』歌会始の項には、「藤原定家が《明月記》の建仁二年（一二〇二）正月十三日の条に記したのが記録上の初見。新年の制になったのは一四八三年（文明十五）以降のことである」とある。最も詳細な日本史辞典である『国史大辞典』（吉川弘文館）歌会始の項には、「新年の制となったのは文明十五年（一四八三）以降のことで、しかも毎年行われるとは限らなかった」とある。歌会始についての比較的新しい著作である菊葉文化協会編『宮中歌会始』(毎日新聞社)には、「鎌倉時代中期、亀山天皇の文永四年(一二六七)一月十五日に宮中で歌御会が行われており、『外記日記』はこれを「内裏御会始」と明記しており、以後、年の始の歌御会として位置づけられた歌会が断続的に見受けられる。したがって、歌御会始の起源は、遅くともこの時代、鎌倉時代中期まで遡ることができるものといえよう」(二十六ページ)と説明している。これをまとめると、鎌倉時代の十三世紀から、歌会始の起源と思われる正月の歌会があり、それを「御会始」と呼ぶこともあった。ただしより明確な新年の行事としては、室町時代中期の文明十五年成立説が唱えられている、と言うことになろう。

平凡社『大百科事典』は、建仁二年の明月記の記述が記録上の初見とするが、この年の明月記には「新年始御歌題」とされており、また承元元年(一二〇七)の同記には「年始御会」とあるものの、「御会始」とは記されていない。それが十三世紀の後半になると、「御会始」と言う表現が、断続的ではあるが見られるようになる。例えば、先に見た文永四年正月十五日の『外記日記』や、正応二年(一二八九)正月十七日の『公衡公記』には「内裏御会始」とみられ、同四年正月九日の『勘仲記』には、「和歌御会始」とある。すなわち、十三世紀の後半の内裏には、朝廷の歌会のその年の最初のものを示すと思われる「御会始」と表現される行事が存在していることは確かである。

にもかかわらず、史料中に「御会始」あるいは「和歌御会始」と言う表現が出て来たとしても、それが現在の歌会始の直接的起源であるとは全く限らないのである。この点は特に注意しておかなければならない。大事なことは、和歌御会始が、内裏の年中行事として確実に成立しているかいないかである。年中行事であるなら、史料上の制約があるにしても、かなり連続的にその存在が確認できなければならない。さらに其れが毎年決まった日に行われていれば、つまり式日が固定されていれば、より確実といえる。

ところで『後水尾院当時年中行事』と言う有名な書物がある。これは後水尾天皇自身の著作とされ、同天皇の時代の朝廷の年中行事を詳しく記したものである。同天皇の時代は、慶長の末年以降、元和年間、寛永の初年迄の十八年間（一六一一〜一六二九）であるから、文字通り近世の初期である。実はこの『後水尾院当時年中行事』に、「和歌御会始」は明確に出現している。式日は正月十九日であり、そこにかなり詳細な記述がある。また当時の公家の日記を見ても、毎年連続的に和歌御会始が行われていたことは確認できるから、すでに年中行事として確立していたことは間違いない。そしてこれが歌会始の直接の前身であることは、その内容から見て明らかである。

従って歌会始の直接的起源は、中世において和歌御会始の年中行事としての明確な起点がどれだけ遡れるか、と言うことになる。鎌倉時代から室町時代前期（一四六七年の応仁の乱以前）までの期間に、内裏において各種の歌会が開催されており、それには定期的に行われる、例えば毎月開催される月次《つきなみ》の歌会もあれば、臨時に開かれるものもあった。そしてその年初のものを、和歌御会始と称することは先に見た如く確かにあるのだが、近世のようにそれが明確な年中行事として、連続的に存在する事実は、残念ながら見いだすことができないのである。またこの期間に成立した年中行事書として著名な、後醍醐天皇による『建武年中行事』には、和歌御会始のことは全く見えていない。

かえって武家政権である室町幕府の方に、和歌や連歌の御会を制度化する動きが存在する。将軍足利義教はその邸宅における月次和歌会を正長元年（一四二八）から、月次連歌会を永享二年（一四三〇）から開始し、すでに永享三年正月の『満済准后日記』は、それを「御歌御会始」「室町殿御連歌月次初」と記しているが、さらにその年初のものを、幕府年中行事に組み込む動きが見られる。室町幕府の年中行事書である『年中定例記』には、「十三日、和歌之御会始」、「十九日、御連歌始」とある。また幕府の年中行事には、「十一日、御評定始」・「十七日、御的始」など、「～始」と称する年始行事がいくつも見られる。明らかに朝廷より幕府の方が先行しているのである。これは朝廷の方は衰退したとは言え、古代以来の儀礼が備わっていたのに対し、新興勢力の幕府は急速に儀礼の体系を作る必要があったからであろう。

三　年中行事「和歌御会始」の確立

では年中行事としての朝廷の和歌御会始は、いつ成立・確立するのであろうか。そのためには室町時代後期、応仁の乱以後の期間に注目しなければならない。この時期は例の文明十五年成立説の時期でもある。応仁の乱以後の後土御門天皇時代の朝廷には、実は以前と比較して際立った特徴があった。それは各種の文学的御会が驚くほどの勢いで誕生し整備されてくることである。もちろん以前においても御会はあったのだが、比較にならぬほど多数の御会が成立してくるのである。その理由は、応仁の乱によって幕府・朝廷が衰微し、朝廷の旧来の儀礼が殆ど廃絶したためである。律令以来の朝儀が廃絶するのと入れ替わりに、文学的御会が盛行して来るのである。それは特に応仁・文明の乱が一応落ち着いた文明十年代から顕著に整備されて来る。

その内月次御会のみについて簡単に説明すると、まず連歌御会は文明十年六月に成立し、以前にもあった和歌御会は十三年正月に再興され、二種類の和漢連句御会はともに十三年に開始された。以上の月次各種御会は、以後、後土御門天皇が崩御する明応九年（一五〇〇）まで約二十年の間、和漢連句御会についてはかなり不明確な部分もあるが、基本的に継続していると思われる。特に天皇が熱意を注いだのは連歌御会で、これは毎月二十五日に、驚くほど厳格に実施されている。和歌御会は初め十八日であったが、間もなく二十四日になった。これらの定例的な御会の外に、さらに各種の臨時の御会が多数あったことは言うまでもない。

ところでこれらの各種御会の中で、月次和歌御会は他と異なる特徴を持っていたことに注意しなければならない。それは「御会」と言う表現からは誤解しやすいのだが、その実態は人々が集会せず、兼題に基づいて短冊や懐紙を提出するだけだったことである。従って当然、披講も行われない。連歌の御会や、和歌御会の場合でも当座の御会は、人々が集まらなければできないし、この時代に公家の甘露寺親長が主催した月次和歌会のように、兼題であっても集会して披講することも多いのであるが、後土御門天皇による内裏の月次和歌御会はこの方式で行われていたのである。ただしこの時代だけでなく、内裏における月次和歌御会は、この方式が一般的だったようである。さらに注目されるのは、現在の皇室の月次和歌御会のやり方も、同様の形式であることである。

さて明応九年九月二十八日、後土御門天皇が崩御し、十月二十五日に勝仁親王が践祚した。すなわち後柏原天皇である。後柏原天皇は、後土御門天皇と同様な方式で、月次和歌御会を引き継いで行ったが、翌々年文亀二年（一五〇二）の正月において、そこに大きな変化が起きた。それは従来のやり方を改めて、人々を参集させ披講を行うことにしたのである。すなわち『御湯殿上日記』には、

廿五日、御くわいはしめ、御うたの人すめしてかうせらるゝ、とくし侍従大納言、かうしなりつくのあそん、はつせい左衛門のかみ、御さか月まいる、

とあり、また『宣胤卿記』には、

廿五日、（中略）今日内裏御月次和歌御会也、一月者懐紙、一月者為御短冊、毎月儀只被重許也、雖然於今日者、可被披講、各午剋可持参之由、一昨日甘露寺中納言相触、

とある。

ただし二月以後の月次御会は、従来通りに懐紙・短冊を集めただけであった。和歌御会始の日取りは、この年は二十五日であったが、翌文亀三年からは十九日になって、以後この日取りが守られていく。十九日と言う日取りも、清涼殿と言う場所も同じであるし、御会始と言う名称も同じであるから、これが『後水尾院当時年中行事』に見られた和歌御会始と全く同一の行事であることは、疑問の余地なく明らかである。

つまり月次御会の正月だけに披講を行うことによって、正月が特別な存在となり、年始にふさわしい年中行事として成立したのである。すなわち文亀二年の和歌御会始こそ、現在の歌会始の直接の起源であると、断定することが出来る。以後の後柏原天皇の時代二十四年間を通じて、十九日の日取りが多少ずれることはあったが、和歌御会始は一年も欠けることなく、完全に実施された。従って、年中行事として完全に定着し、確立したと言える。後柏原天皇は戦国期朝廷衰微の時代の天皇として知られ、特に有名なのは、践祚後二十一年経ってようやく即位礼を行われたと言うことである。しかしその後柏原天皇が、和歌御会始を成立・確

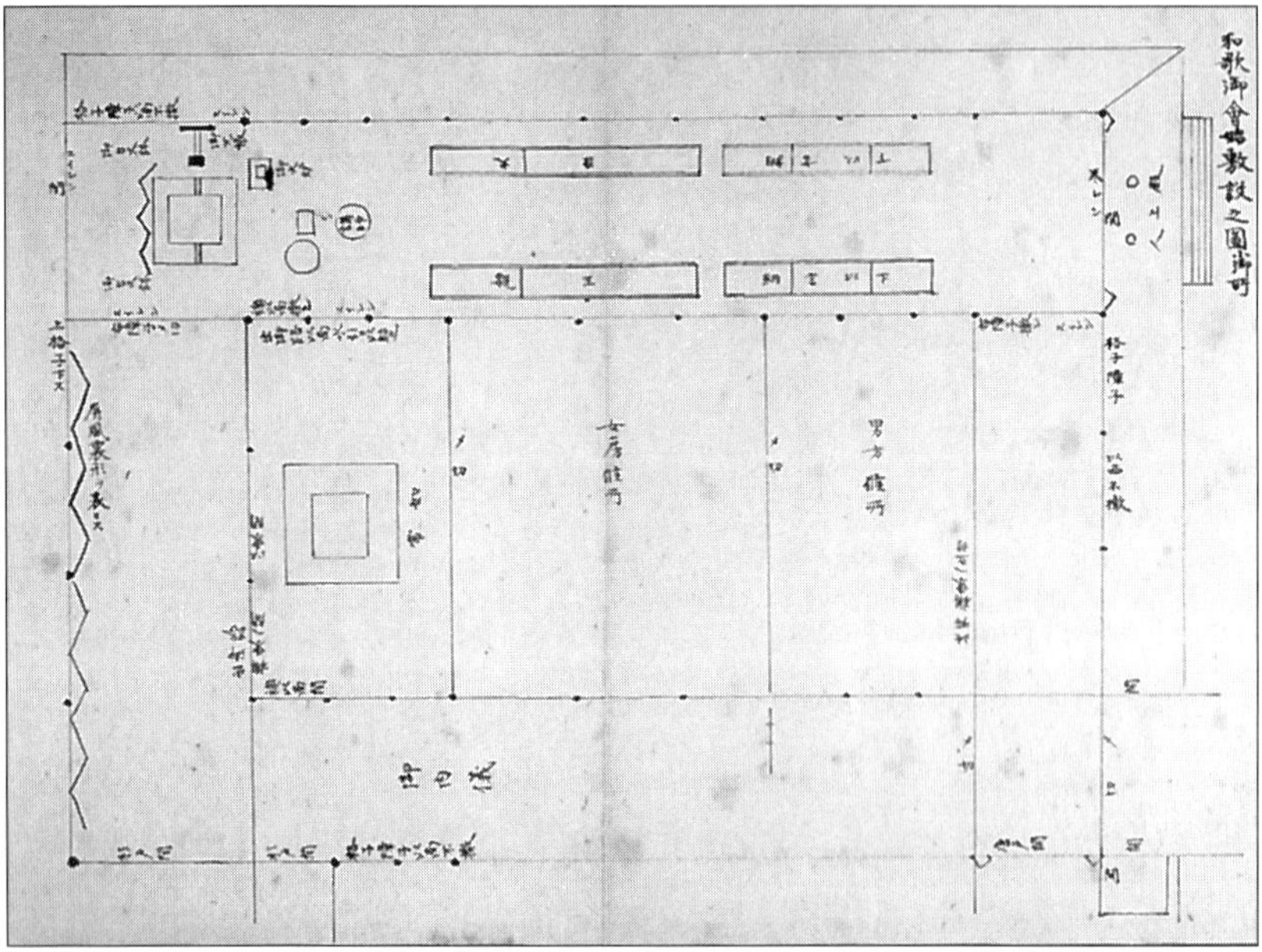

京都御所・小御所 東廂における和歌御会始の図「公事録」より（宮内庁書陵部蔵）

立するという、画期的な偉業を遂げられているのである。また確立の前提である御会を整備された、後土御門天皇の働きも実に重要である。両天皇とも、朝廷衰微の時代にあって、朝廷の生きるべき道を求めて懸命の努力をされ、その結果として年中行事としての和歌御会始が確立されたのである。

では従来説かれてきた、和歌御会始の文明十五年（一四八三）成立説の方は、どうなるのであろうか。これは文明年間だから、後土御門天皇の時代である。そしてその典拠は『親長卿記』の次の部分である。

正月十七日、（中略）今日仰云、明日御会、御歌始也、初春祝可相触近臣云々、可為御懐云々、即相触了、（下略）

十八日、御懐紙少々到来、（中略）即進上御所了、

御会とは言うものの、これは一般の月次御会と同じように、懐紙を提出するだけで参集せず、披講も行われない。ただし月次御会とは、明らかに別物である。特に注意すべきは、明確に「御歌始」と記していることである。『御湯殿上日記』にも、「御歌はしめあり、初春のいはいにてあそはす、御くわいしなり」とある。後土御門天皇時代の『御湯殿上日記』には、その後、文明十六年正月七日・同十七年正月七日・長享元年（一四八七）正月五日・同二年正月四日・明応八年正月二日・同九年正月十二日に、同様の記事を見いだすことが出来る。これは、天皇が新年において初めて和歌を詠むと言う行事で、その時近臣が和歌を詠進したのであろう。したがって、その名称が「御歌始」であり、日取りが不定であり、連続して見いだせない、と言

った諸点から考えて、これが和歌御会始の起源でないことは、余りにも明らかである。現に和歌御会始成立後の永正九年（一五一二）正月には、二日の「和歌始」と二十五日の「御会始」が、全く別個に行われていることが、後柏原天皇自身の日記で判明する。

さてその後の和歌御会始の歴史を辿ってみると、次の後奈良天皇の時代にも、引き続き着実に行われた。ただし後奈良天皇時代三十一年間の末年には、連続して七年間に渡って披講が行われない期間が存在している。これは当時の御会奉行であった山科言継の日記によって確認できるから、確かである。つまりこの時期は、後土御門天皇時代の状態に逆戻りしているわけである。正親町天皇の時代になると、再び着実に行われるようになる。行われなかったと思われるのは、二十九年間で五回程である。在位二十五年に及ぶ後陽成天皇の時代にも、前期から中期にかけては欠年なく開催されている。しかし末年に至って、連続して六年間全く御会始が存在しないと思われる期間が出現する。これが事実だとすれば、文亀二年から現在に至る五百年間において、これだけ長期の休止期間は外には見いだすことができない。

四　近世の和歌御会始

後水尾天皇の時代になると、（後水尾天皇以後を便宜近世とする）和歌御会始は立派に再建された。その在位十八年間は必ずしも長くないが、一年も欠ける事なく、完全に実施されている。後水尾天皇は和歌に取り分け熱心で、公家衆にも作歌に励むことを奨励している。近世にはその長期間にも拘わらず、全体として極めて忠実に和歌御会始が開催されており、二百六十年の間に、行われなかったのは十一回にすぎない。開催されなかった原因の多くは、諒闇の問題であり、然るべき理由によっていることが分かる。このことはそれだけ和歌御会始の年中行事としての重要性が高まったことを意味するが、それには後水尾天皇の力が大きく作用していたであろう。と言うのは、後水尾天皇は例の紫衣事件問題で退位してからも、上皇として宮廷の中心的な存在であり、それは延宝八年（一六八〇）迄、実に五十年に渡ったからである。そして先述したように、和歌御会始は『後水尾院当時年中行事』に、しっかり記述されている。

ところで近世・江戸時代において、和歌御会始に関して二つの基本的な要素で、明確な変化が表れている。それはこの『後水尾院当時年中行事』と、幕末の状況を示している『嘉永年中行事』と言う、二つの朝廷の年中行事書の記述を比較すると分かる。まず日取りすなわち式日について、『後水尾院当時年中行事』では十九日となっているのに対し、『嘉永年中行事』では二十四日となっている。また開催される場所については、『後水尾院当時年中行事』は清涼殿であるが、『嘉永年中行事』は小御所である。ではこの変化はいつどのようにして起きたのであろうか。

まず十九日と言う式日は、文亀三年以後、多少の例外はあるが基本的に忠実に守られてきた。それが二十四日になるのは貞享元年（一六八四）からである。そしてその原因は四年前延宝八年の八月十九日に、後水尾上皇が崩御し、その忌日を避けるようにした為であった。二十四日に変更することは、二年前天和二年（一六八二）に決まっていたのだが、他の理由で遅れていたのである。なお二十四日と言う日取りが選ばれたのは、一月以後の月次和歌御会の日取りが以前から二十四日だからである。

次いで開催場所であるが、文亀二年以来それは常に清涼殿であった。ただし清涼殿は何度も建て替えられており、清涼殿内部での空間的変化はあった。小御所で行われるようになるのは、寛政三年（一七九一）からであると思われる。その原因は天明八年（一七八八）正月の京都の大火にあった。この大火で御所が焼亡したが、再建に際して清涼殿は平安の古制を採用することになった。これが有名な復古清涼殿で、その後安政年間に同一形式で再建されたものが、現在我々が京都御所で目にするものである。つまり清涼殿の構造が大きく変化したために、和歌御会始の開催場所として不適切になり、小御所に移動したのであろう。

江戸時代以前の和歌御会始について、天皇の極く近臣などだけが参加する私的な行事であると説明されていることがある。例えば、平成七年（一九九五）一月十二日（歌会始の当日）の朝日新聞「みんなのQ＆A」では、「明治以前は、天皇とごく側近の間だけで宮中の私的行事として行われていました」と述べている。しかしこれは明らかな間違いである。和歌御会始に参加するのは、一部の限られた廷臣ではなく、広範な公家衆が参加していたのである。室町時代の発足時には近臣を中心にスタートしたとは言えるが、それは次第に拡大して、近世初期には摂家・大臣も参加していることは、『後水尾院当時年中行事』の記述で明白である。またその開催場所として清涼殿あるいは小御所が使われているが、そのことは「奥行事」でなく「表行事」であることを示しているのであり、従って和歌御会始は完全に公的行事である。

五　明治二年の和歌御会始とその後

明治二年正月二十四日、明治天皇の時代の最初の和歌御会始が、京都御所の小御所で行われた。これを従来から「最初の歌会始」と説かれることが多いが、これは「最後の和歌御会始」と称した方が、ずっと正確であると言わざるを得ない。それはこの御会には、維新を反映した多少の新儀があったかもしれないが、基本的に和歌御会始の伝統に則ったものであり、特に次に述べる歴史的背景の元で行われたものだからである。この御会の歴史的な背景を説明すると、前々年の慶応三年（一八六七）は孝明天皇の諒闇で、前年慶応四年＝明治元年は維新の動乱で、朝廷年中行事の典型である正月行事はすべて行われなかった。元年の九月二十日から天皇は東京に行幸され、年末の十二月二十二日に至って漸く京都に還幸された。そこで翌明治二年の正月には、元日四方拝から二十七日御楽始に至る朝廷の正月行事を、成るべく忠実に行うことになったようである。和歌御会始の開催は、その一環であった。天皇はこの年三月七日に京都を出発して東京に向かわれ、再び京都に定住されることはなかった。

なおこの時の和歌御会始は、明治天皇の最初の御会であるから、代始の御会を兼ねていた。そこで天皇の和歌に対して読師・講師を別に設ける、御製読師、御製講師が用意されている。代始の和歌御会始は、本来臨時行事であり、恒例行事すなわち年中行事の和歌御会始とは別個にやるべきものである。つまり両者の関係は、即位礼と、朝賀、大嘗祭と新嘗祭との関係と同一である。現に、江戸時代においては臨時行事として独立に行われる事例が多く見られる。

またこの明治二年の御会始をもって、明治天皇が中絶していたものを復興されたとする説を良く見かける。『宮中歌会始』には、「歌御会始は、江戸時代末期に暫く途切れたが、明治二年（一八六九年）に明治天皇により復興され、以後今日まで連綿と続けられている」とある。しかし幕末期において和歌御会始が中絶したと言う事実は全くない。行われなかったのは、先に述べた慶応三年・四年の両年であるが、更に遡れば弘化三年・四年（一八四六・一八四七）であり、天保十二年（一八四二）である。弘化三年は仁孝天皇の不例のため、四年はその諒闇のため、天保十二年は光格上皇の諒闇のためである。それより以前は、安永九年（一七八〇）から六十一年間、全く欠年が無い。平成十一年（一九九九）七月に開始された宮内庁のホームページにも、『宮中歌会始』と同様の説明があったが、その後修正されたようである。

従って歌会始の歴史を考える場合に重要なのは、天皇が東京に移って以後の、この年中行事の継続と変化とである。明治二年正月に京都で行われた朝廷の年中行事の殆どは、東京では行われなかった。その代表が元日・白馬・踏歌の三節会であり、継続したのは、四方拝や歌会始など極わずかなものである。それは朝廷年中行事の基盤そのものが消滅したからである。明治維新とは、幕藩体制の崩壊、つまり幕府や藩と言う武士の社会が崩壊したと理解されているが、天皇と堂上・地下で構成された朝廷という極めて特異な社会も、同時に消滅したことを忘れてはならない。したがって継続した方があくまでも例外であったのである。和歌御会始の継続が可能になった原因は、基本的に明治天皇の和歌にたいする熱意であり、それが時代に即した改革を生み出したのであろう。

六　まとめ

以上述べたように、歌会始の直接的起源は戦国時代のただ中の文亀二年（一五〇二）であり、それ以来連綿と継続してきた。従って平成十四年（二〇〇二）正月で、ちょうど五百周年を迎えたことになる。この五百年間で、和歌御会始・歌会始が行われなかったのは、今のところ確認出来ない年もあるので断言出来ないが、四〇回に達するか達しないかであろう。これは年中行事としては、極めて忠実に実施されてきたと言える。

和歌御会始・歌会始の歴史を通じて、特に重要な役割を果たされたのが、年中行事として確立された後柏原天皇と、近代の改革を断行された明治天皇とである。さらに挙げるとすれば、年中行事として成立する前提を整備された後土御門天皇と、近世の盛行にリーダーシップを発揮された後水尾天皇であろう。ただしこの四人の天皇に限らず、この年中行事に係わった多くの人々の膨大な努力が無ければ、五百年すなわち半千年紀の長期間に渡って、この行事が存続することは出来なかったに違いない。

この記念すべき五百周年を機会に、和歌御会始・歌会始の歴史を振り返ることによって、日本の伝統文化の素晴らしさを再認識・再確認すると共に、それを日本そのものの再認識・再確認に結び付けたいものである。

（平成十二年「和歌の披講」公演プログラムより）

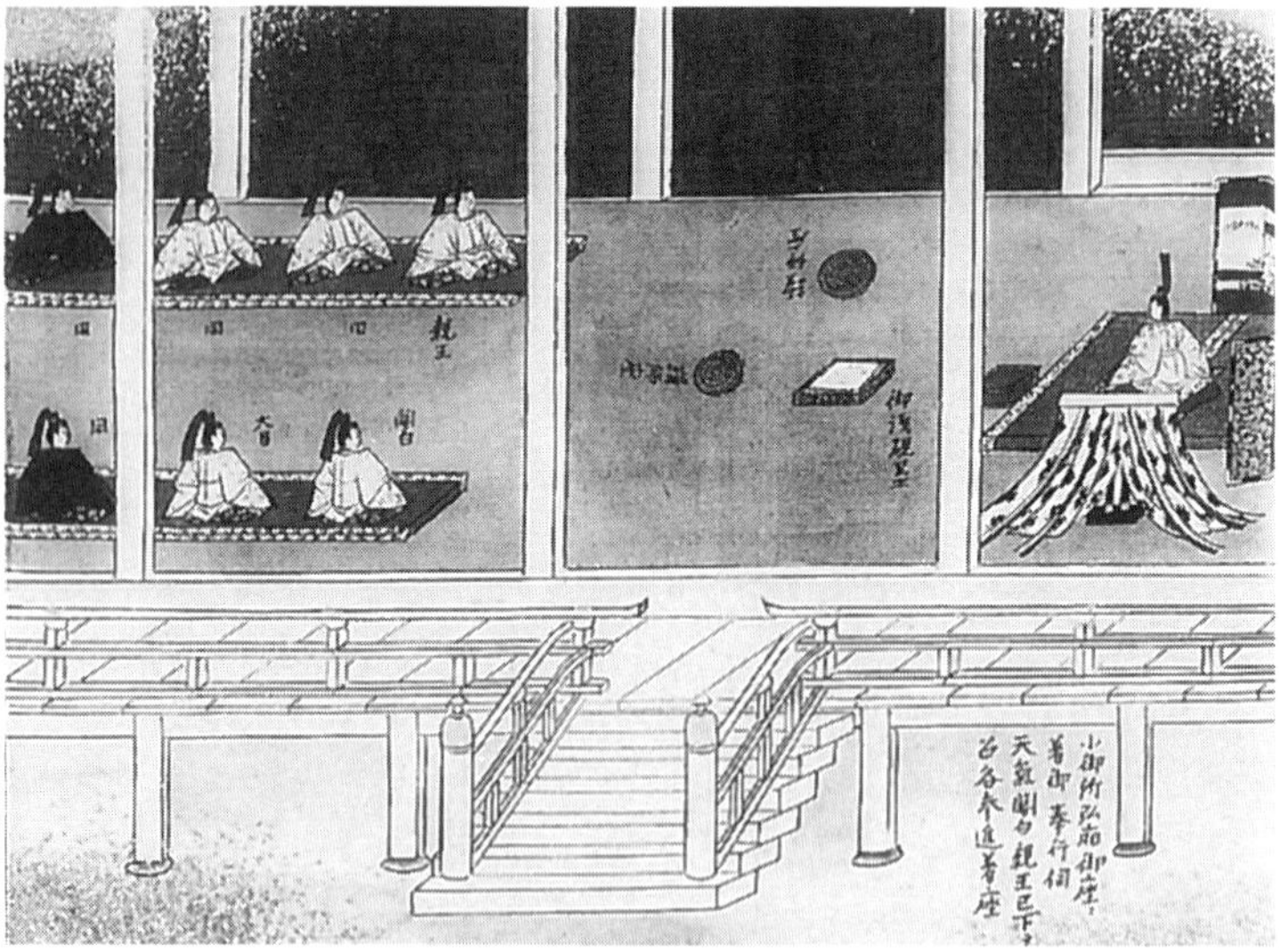

京都御所・小御所弘廂における「和歌御會始」図絵　「旧儀式図画帖」第32帖より（東京国立博物館所蔵）

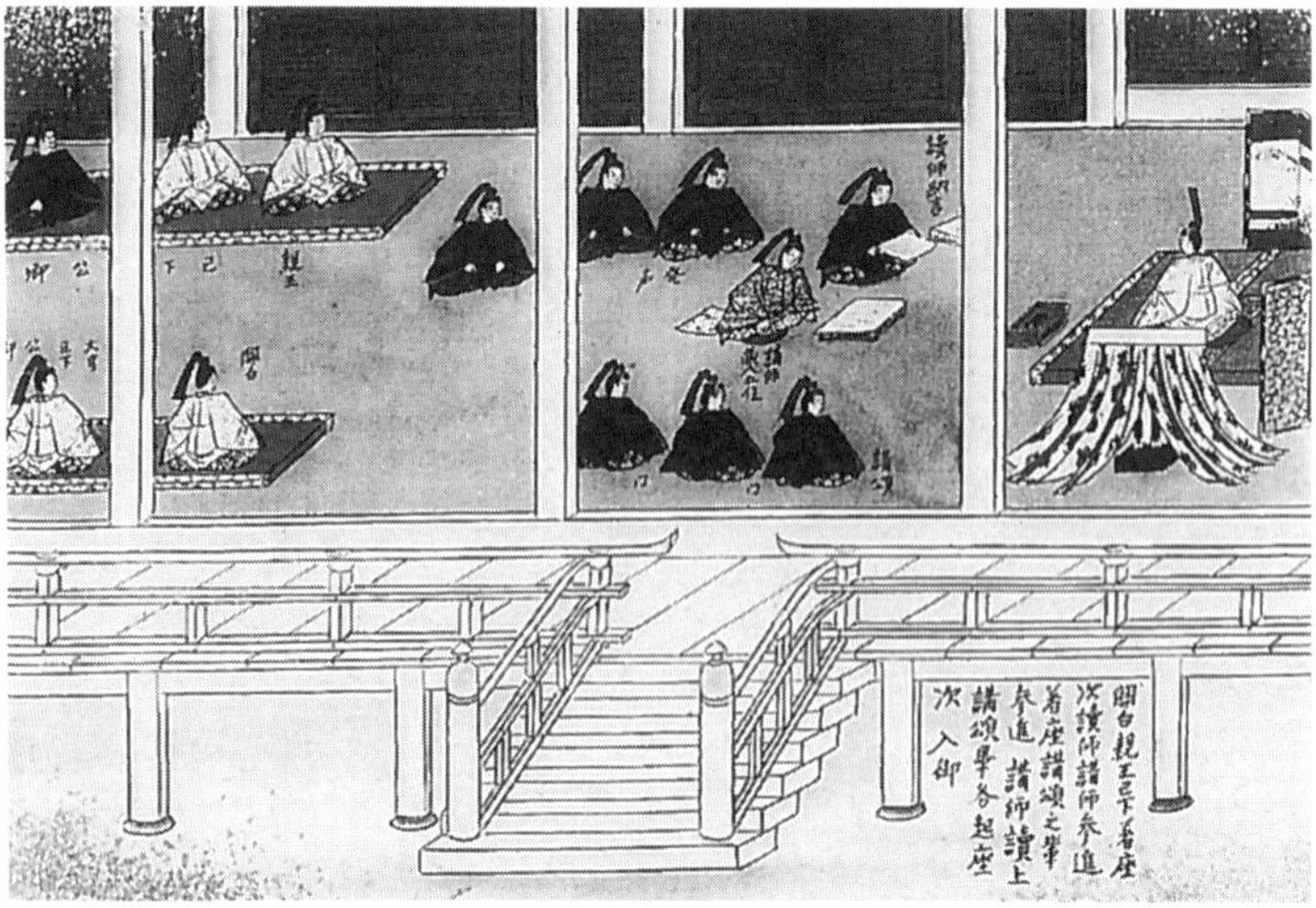

参考文献

酒井信彦　「和歌御会始の成立―歌会始の起源は文亀二年である―」（『日本歴史』第五八五号、平成九年二月）

同　「近世の和歌御会始」（『東京大学史料編纂所研究紀要』第八号、平成十年三月）

伝統文化鑑賞会「和歌の披講」より
（平成14年）

五

二つの歌会始のこと

——江戸時代最後の歌会始と明治時代最初の歌会始について

坊城俊周

江戸時代最後の歌会始となった和歌御会始（歌会始）は、慶応二年（一八六六）正月二十三日、孝明天皇出御のもと、京都御所内「小御所」東廂《ひがしひさし》で行われました。

平成十一年暮れ筆者は、京都御所を参観する機会を得ました。歌会始が行われました「小御所」は、紫宸殿の東北に位置しています。宜秋門《ぎしゅうもん》から御車寄《みくるまよせ》へ、非蔵人《ひくろうど》廊下から、赤縁の畳表が敷かれた、天皇の御廊下・御拝道廊下を進み、小御所に至ります。

小御所の周囲は廂《ひさし》廊下で、母屋は上段・中段・下段の三間からなっています。三間は襖で仕切られ、上段の間には中央に玉座があります。小御所は主として、立太子の儀式など、皇太子の儀式に用いられ、また天皇が将軍や諸侯と対面する場所となっておりました。

では、慶應二年正月、孝明天皇御臨席のもとで開催されました「歌会始」から

孝明天皇紀（非蔵人日記・葉室家文書・言成卿記）には次のように記載されています。

慶應二年（一八六六）正月二十三日癸未和歌御会始也　御題青柳風静　御会奉行衆各参集於錦鶏之間　御懐紙被取重　酉二刻前出御　于小御所東廂御座　被読上於懐紙　酉半二刻前入御

また葉室家文書には次のような記述があります。

お題は「青柳風静」。御製寫

　青やきをうたふこゝろにもより合せかせやはらかになひく糸すち

また、言成卿記によれば、「歌会始」は、毎年一月の二十四日でありましたが、この年だけ繰上げて、二十三日に開催され、披講式は午後六時過ぎに開始されたと記載があります。

慶應二年という年は、七月二十日に第十四代将軍　徳川家茂が大阪城中で脚気衝心症にて薨去。その半年後、十二月二十五日、孝明天皇は痘を患い給い、聖算三十六歳で卒然として崩御。翌・慶應三年丁卯（一八六七）一月九日、明治天皇践祚。明治天皇紀に曰く「清涼殿代、小御所に於て践祚したまふ。…是の日、申の刻総角引直衣にて出御、晝御座に著御あらせらるる。内侍二人豫め剣璽を奉じて之を御座の右側に安置せり…」と。

物情騒然としたこの年の暮れの、十二月九日午後六時から、歴史的に有名な「小御所会議」も小御所を舞台に開催されます。明治天皇の外祖父、従一位中山忠能は、「是れより王制の基礎を確定し、更始一新の経倫を施さんがために公議を尽さん」と開会を宣し、将軍徳川慶喜の辞官・納地をめぐって、深更まで激論が続きました。

議定《ぎじょう》山内《やまのうち》豊信《とよしげ》曰く「幼冲の天子を擁し、陰険の挙を行はんとし云々」に対し、参与岩倉具視之を聴き、豊信の言に反論、議は容易に決しなかったといわれ、記録によると、「時夜已に三更を過ぐ」とあります。（明治天皇紀、大久保利通日記、丁卯日記、維新土佐勤王史、三條實美公年譜、岩倉公実記、徳川慶喜公伝）

さて、年は明けて慶應四年戊辰。明治天皇紀は「正月一日、四方拝、丑の半刻過出御」から始まっています。次いで、一月三日鳥羽伏見の戦い勃発。三月十四日、五箇條御誓文発布。同三月十七日、神仏分離令・廃仏毀釈。四月十一日、江戸開城。八月二十七日紫宸殿にて即位の礼。九月八日、明治改元。十二月八日、京都還幸という目まぐるしい変動の年でありました。

そして翌年・明治二年（一八六九）正月二十四日、明治天皇は京都御所内・小御所の東廂において、御即位後初の御代始《おだいはじめ》の「歌会始」を開催されました。

お題は「春風来海上」（しゅんぷうかいじょうよりきたる）

御製

千代よろつかはらぬはるのしるしとて海邊をつたふ風そのとけき

皇后宮御歌

おきつ波かすみにこめて春きぬと風もなきたる四方の海つら

御製・御歌はじめ、先記、小御所会議で開会を宣した、中山忠能准大臣が御製読師をつとめ、このほか詠進歌百首に及びます。「其の儀、読師・講師・発声・講頌の諸役、衣冠或は直衣にて参仕し、治部卿晃親王出座す、先づ親王及び諸臣の詠進歌披講あり、畢りて御製読師　中山忠能御前に進みて御製懐紙を拝受し、退きて文臺の上に披載す、御製講師　冷泉為理御製を奉頌す、発声　綾小路有長之を受け、講頌　正親町實徳以下五人相唱和したてまつること五反なり、皇后御歌は披講なし…」

そして左記のような興味ある記載があります。

「従来　講頌の反数（講頌の繰返し）、御製は七反なりしを、更始一新の趣意を以て、改めて御製三反《みかえし》、親王・大臣二反《ふたかえし》、他は各々一反と定められる。然るに御製三反にて甲乙二種の博士（楽譜を云ふ）諧《あ》ひ難きを以て、有長（綾小路）五反と為すべき旨を建言し、御用

掛　飛鳥井雅典之に賛し、俄に之を改めて五反と為す」と。（明治天皇紀）

即ち、御製は一旦三回繰り返しに定められましたが、甲調・乙調の二種の節ではあいにくいので、三回ではなく、五回の繰返しにされるよう建言し、五回となった由（ちなみに御製七反は、甲調・甲調・乙調・乙調・上甲調・上甲調、そして最後は甲調の調子で披講されておりました）。

その後、御製五回の繰返しは、昭和三十四年（一九五九）の歌会始まで続けられ、翌年より三回の繰返しとなりました。明治二年から数えて九十年の歳月が流れたことになります。また、現在の歌会始では選歌の披講は年齢の若い順からでありますが、そうなりましたのは昭和四十三年（一九六八）からであります。

筆者が伺った小御所は、幕末と明治二年の二つの「歌会始」、激論沸騰した「小御所会議」など様々な歴史を秘めながら、静寂に包まれていました。

上段・中段・下段三間の襖絵の、「波」と「雲」の群青の色が、ひときわ鮮烈に目に映りました。京都御所・首席主殿長の寺石勲氏は、「東・西・南・北のそれぞれに面しました襖絵は、春・秋・夏・冬の景色が当てられています。東は春、西は秋といった具合でございます。…」とていねいに説明されました。

その通り、四つの方角が、四季の風景とリンクして、精緻な筆で描かれています。「吉野山の花」、「竜田川の秋」、「村雨に稲妻」など。そして上方には、それぞれにちなんだ和歌が、草書、行書に託して散らされていました。その多くは、堂上《どうじょう》ゆかりの方たち、そして大聖寺、宝鏡寺、法華寺、あるいは三時知恩寺などの御門跡によるものでした。

主席主殿長のご案内に従って、下段の間「曲水の宴」の襖から東廂に出ますと、東向きの明かり障子には、師走の明るい日差しが差し込んでいました。

そして、この障子が開かれますと、「御池庭《おいけにわ》」といわれる回遊式庭園が一面にひらけています。池の周辺には、小さな自然石が敷き詰められて州浜になっており、船着場へは、飛び石が配されています。その昔、お正月の十五日頃、「左義長《さぎちょう》」といって、この池の側で、天皇の御《お》書初《かきぞめ》の天筆や、女院方の御筆などを青竹の上に積んで燃やす「火祭」の行事が行われたといわれます。孝明天皇も二十一年におよぶ御在位中、また、お若かった明治天皇も、この火祭りをご覧になったことでしょう。火祭りの炎《ほむら》揺らめく彼方にある歴史を追想するのもまた興趣あることでしょう。

（平成十二年「和歌の披講」公演プログラムより）

六

勅撰和歌集の歴史

——「古今集・新古今集の年」にあたり

兼築信行

古今集・新古今集の年

平成十七年（二〇〇五）は、最初の勅撰和歌集『古今集』が成立した延喜五年（九〇五）から数えて千百年、第八勅撰和歌集『新古今集』が成立した元久二年（一二〇五）から八百年の、記念すべき年回りに当たる。そこで、和歌の研究者が集う「和歌文学会」では、平成十七年を「古今集・新古今集の年」と呼ぶことに定め、さまざまな記念の催が行われるよう関係各方面に働きかけてきた。博物館・美術館・図書館・資料館等の企画展示、記念出版物の刊行や雑誌特集号の発行、公開講座・講演会・シンポジウムの開催などが予定されている。九月一日には日本郵政公社から「古今和歌集奏覧一一〇〇年・新古今和歌集奏覧八〇〇年記念切手」が発行されることになった。盛りだくさんのイヴェントが実現することになるだろう。

和歌は、日本の文化を貫く伝統を形作ってきた。紀貫之が書いた『古今集』の仮名序は、和歌は天地開闢と同時に発生したと述べ、記録上の始祖をシタテルヒメとスサノオとする。このうちスサノオは、高天原を追放され出雲に下り、ヤマタノオロチを退治してクシナダヒメを娶って須賀宮に坐す際に、次の歌を詠じた。

八雲立つ　出雲八重垣　妻籠めに　八重垣つくる　その八重垣を

これは記紀両書に記載される最初の歌である。もちろんこの歌謡自体は、さほど古いものとは考えられない。しかし、短歌形式の始まり、三十一文字の起源をスサノオの詠とする伝承は、『古今集』仮名序により定まったといえる。

古今集の成立

『古今集』は、醍醐天皇の命により、紀友則・紀貫之・凡河内躬恒・壬生忠岑の四名が撰者となって編集された。仮名序には延喜五年四月十八日、真名序（紀淑望執筆）には延喜五年四月十五日という、成立に関する年時が記載されている。これを撰集下命の勅を奉じた日付と見るか、奏覧の日付と見るか、説が分かれる。

現在伝わっている『古今集』の伝本には、延喜七年（九〇七）九月十日『大堰川御幸和歌』の作品や、延喜十三年（九一三）三月十三日『亭子院歌合』の作が載せられている。また、作者の官位表記は延喜十七年（九一七）までにわたるといわれており、長期間にわたって編集作業が続けられた形跡が認められる。現在では延喜五年奏覧と見る理解が優勢であるが、ともあれ延喜五年が『古今集』の成立を画する重要な年であることに間違いはない。

『古今集』は二十巻で構成される。それぞれの巻は部立をたて、歌が配列されている。この二十巻という規模は、『金葉集』『詞花集』の十巻を例外として、以降の勅撰集に踏襲された。ただし序の有無や部立の構成は、集によってまちまちであるが、『古今集』が勅撰集史に与えた影響は絶大である。

新古今集の成立

『古今集』成立のちょうど三百年後に、第八勅撰集『新古今集』が編集されるが、この集の成立過程も単純ではない。

後鳥羽院は、建仁元年（一二〇一）七月二十七日に和歌所を設置して優秀な歌人たちを寄人に定めた後、十一月三日には源通具・藤原有家・同定家・同家隆・同雅経・寂蓮の六名に撰集を命じている。寂蓮は翌年七月に死去するが、撰者たちが選んだ歌は、院自身が精選し、部類作業が進められた。元久二年三月二十六日、撰集の終了を記念する竟宴が院御所で開かれ、和歌会が催された。平安前期に行われた「読日本紀」（大学寮による『日本書紀』の講読）の終了時の竟宴で披露された『日本紀竟宴和歌』（『日本書紀』に登場する人物を題とする和歌）に関心を抱いた後鳥羽院は、前代未聞の勅撰集竟宴を企画したのである。その折の院の詠は、

いそのかみ古きを今にならべ来し昔の跡をまた尋ねつつ

『新古今集』には『日本紀竟宴和歌』を出典とする歌が三首（神祇・一八六五〜六七）取られている。院には特別な意図があったものと考えられる。ところが、竟宴の時点では集の清書も行われておらず、藤原親経執筆の真名序は出来ていたものの、藤原良経執筆の仮名序は未完成であった。そうして、竟宴後、切り継ぎと呼ばれる改訂作業が、延々五年余にわたって続けられていくことになる。

建保四年（一二一六）十二月二十六日、和歌所開闔（事務上の主管）の源家長が切り継ぎ終了本を書写し、完成本の姿が示される。しかし、集の改訂はこれに終わらなかった。承久三年（一二二一）に起こった承久の乱によって隠岐に遷幸した後鳥羽院は、延応元年（一二三九）二月二十二日に崩ずるが、生前に『新古今集』から約四百首を削除した隠岐本を残している。隠岐本

の歌は、『新古今集』の写本に符号で示されるケースが多いが、隠岐本歌のみの本文を書写した冷泉家時雨亭文庫本（上冊のみ）が発見された。

平安朝の勅撰集

『古今集』から『新古今集』まで、勅撰集は八つある。はじめの三つを三代集と呼び、八つを総称して八代集と称する。『後撰集』は、村上天皇の命で天暦五年（九五一）に宮中の梨壺（昭陽舎）に設けられた撰和歌所において、大中臣能宣・清原元輔・源順・紀時文・坂上望城の五人の撰者により編集された。『拾遺集』は、藤原公任撰の『拾遺抄』を増補し、花山院の周辺で寛弘二～四年（一〇〇五～七）頃成ったと見られる。『後拾遺集』は白河天皇の命で藤原通俊が撰者となり、寛治元年（一〇八七）に完成した。『金葉集』は白河法皇の院宣により源俊頼が編集したが、大治元～二年（一一二六～七）の間に三度にわたって改訂された（初度本・二度本・三奏本）。『詞花集』は最小規模の勅撰集だが、崇徳院の命で藤原顕輔が仁平元年（一一五一）撰んだ。後白河院の命による『千載集』は、藤原俊成が文治四年（一一八七）に奏覧した。

八代集という概念は、藤原定家が選んだ『定家八代抄』や『八代集秀逸』（後鳥羽院・藤原家隆の選歌を合わせた別本もある）に現れるが、北村季吟による注釈書『八代集抄』が天和二年（一六八二）に刊行されると、平安時代の主要な和歌を概括し、俯瞰する単位として定着していった。東京都職員黒田慶樹氏との婚約が成った紀宮清子内親王は、一九九二年三月に学習院大学文学部国文学科を卒業されたが、その卒業論文を活字化したのが「八代集四季の歌における感覚表現」（『学習院大学国語国文学会誌』三六　一九九三年三月）である。このように八代集は、鎌倉初期までの和歌の表現史を辿り、分析する対象として便利に扱われている。しかし、それぞれの集の性格や内容が相当に相違していることも、十分に認識しておく必要がある。

中世の勅撰集

『新古今集』以後の中世の勅撰集の歴史を瞥見する。第九代『新勅撰集』から、最後の勅撰集となった第二十一代『新続古今集』まで、十三の勅撰集が編集されたが、これらを総称して十三代集と呼ぶ。左にそれらの名称と成立年、撰者を列挙しよう。

9『新勅撰集』　文暦二年（一二三五）　藤原定家
10『続後撰集』　建長三年（一二五一）　藤原為家
11『続古今集』　文永二年（一二六五）　藤原為家・同基家・同家良・同行家・同光俊（真観）
12『続拾遺集』　弘安元年（一二七八）　藤原為氏
13『新後撰集』　嘉元元年（一三〇三）　二条為世
14『玉葉集』　正和元年（一三一二）　京極為兼
15『続千載集』　元応二年（一三二〇）　二条為世
16『続後拾遺集』　嘉暦元年（一三二六）　二条為藤・同為定
17『風雅集』　貞和五年（一三四九）　光厳院
18『新千載集』　延文四年（一三五九）　二条為定

19『新拾遺集』　貞治三年（一三六四）　二条為明・頓阿
20『新後拾遺集』至徳元年（一三八四）　二条為遠・同為重
21『新続古今集』永享十一年（一四三九）飛鳥井雅世
寛正六年（一四六五）二月二十六日、第二十二代勅撰集の撰進を命ずる後花園院の院宣が、足利義政の執奏により飛鳥井雅親（雅世の子）に下った。雅親は編集を進めるが、応仁元年（一四六七）に兵乱が勃発、六月十一日には飛鳥井家の和歌所が焼失した。勅撰集の伝統は、応仁の乱の戦火の中に、ついに消滅してしまったのである。

勅撰集の享受と評価

勅撰集は、『源氏物語』などとともに、正統な聖典〈カノン〉として享受の対象となったが、中でも重視されたのは『古今集』である。古今伝受は中世歌学の主流をなす。『新古今集』も、連歌師をはじめ、盛んに注釈の対象に取り上げられていく。『新古今集』を高く評価した本居宣長は、注釈書『美濃の家づと』を著した。

正岡子規が新聞『日本』に掲載した「再び歌よみに与ふる書」の冒頭で、「貫之は下手な歌よみにて、古今集はくだらぬ集に有之候」と述べたのは、明治三十一年（一八九八）二月十四日であった。子規の攻撃対象は、当時の歌壇を支配していた桂園派（香川景樹の門流）にあったが、『古今集』歌の表現を非難する言説は大きな影響を与え、近代国民国家日本は、『万葉集』を国民歌集と位置づけていくことになる。興味深いことに、昭和期に入ると『新古今集』研究が進展し、近代詩への影響が見出されるようになるが、これらは十九世紀フランス象徴詩の影響と呼応している。どのような古典作品に光が当てられ、取り上げられるかは、すぐれて時代の思潮を反映する。子規によって貶められた『古今集』の再評価については、大岡信『紀貫之』（筑摩書房　一九七一年）の上梓が画期をなすことになる。

勅撰集をめぐる資料発掘や本文研究・注釈研究が進み、八代集については全訳を付す新日本古典文学大系（岩波書店）が普及した現在、この「古今集・新古今集の年」を機会に、和歌史のエッセンスとしての勅撰集への関心を広く喚起し、新たな切り口から日本文化論を構築する素材として意味付けることが求められている。

（平成十七年「和歌の披講」公演プログラムより）

【参考】和歌文学会ホームページ　http://www.soc.nii.ac.jp/waka/

「天暦五年、宣旨ありて、やまとうたは選ぶところ、梨壺におかせ給ふ。古万葉集よみときえらばしめ給ふなり。めしおかれたるは、河内の掾、清原の元輔、近江の掾、紀の時文、讃岐の掾、大中臣の能宣、学生、源の順、御書所の預り、坂上の茂樹《もちき》らなり」（『源順集』117番詞書）

天暦五年（九五一）十月、当時二十六歳の村上天皇は宣旨を発し、宮中後宮の昭陽舎（梨壺）に、初めて「撰和歌所」を設置した。好文の帝は、当時、既に難読となっていた『古万葉集』の万葉仮名を解読すべく、五名の少壮の歌人に命じて、その作業に当たらせた。すなわち、清少納言の父、清原の元輔、紀貫之の息子、紀の時文、女流歌人伊勢の大輔の祖父、大中臣の能宣、当時、四十一歳の大学寮学生、源順、坂上是則の息子、坂上望城の五人であり、世に「梨壺の五人」として知られる。別当（長官）として一条摂政藤原伊尹《これただ》（九二四～九七二）が任ぜられ、また「梨壺」には彼らの独占使用権が認められた（『本朝文粋』巻一二）。彼らはここで、『万葉集』解読に続いて、第二番目の勅撰和歌集である『後撰和歌集』の編集にも与った。

その後、「和歌所」は、勅撰和歌集の編集時に、撰者を中心として臨時に設置されるようになる。その場所は禁中・院御所・私邸などさまざまであるが、著名なものとしては『新古今和歌集』撰進に際しての、建仁元年（一二〇一）七月二十七日に、後鳥羽上皇が二条殿弘（廣）御所に開設したものがある。和歌所開闔《かいこう》（事務長）には源家長、和歌所寄人《よりうど》（撰者）には藤原良経、源通親、慈円、藤原俊成、藤原定家、寂連など十一名が任ぜられ、後に鴨長明らも加わった。以後、永享五年（一四三三）の『新続古今和歌集』に至るまで、和歌所は公認された歌壇の最高権威として、勅撰集の撰進の中心機関であり続けた。

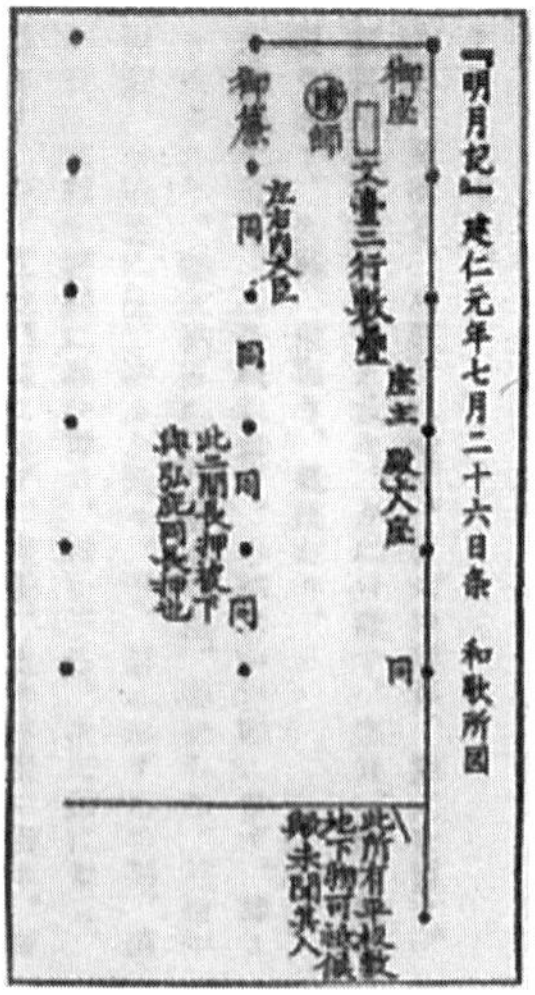

『明月記』建仁元年七月二十六日条　和歌所図

その後、「和歌所」は永く廃絶したが、明治四年（一八七一）一月二十日には、歌道御用掛が宮内省内に置かれ、「文学御用掛」「御歌掛」などの名称変更を経て、同二十一年（一八八八）六月六日に「御歌所《おうたどころ》」と改まって、多くの歌人が「寄人」に任ぜられ、歌壇の一大勢力としていわゆる「御歌所派」を形成した。初代所長は男爵高崎正風であり、職制としては、長（勅任官一名）以下、主事（奏任官一名、事務長）・寄人（勅・奏任待遇七名、選歌等にあたる歌人）・参候（勅・奏任待遇十五名→のち十名、式典担当、華族が主）、録事（判任官、事務担当三名）という構成であった。なお、歌御会始への詠進は、明治三年に華族勅任官、五年に判任官までが許され、七年には一般臣民の詠進が認められ、十二年に至って選歌が行われて、預撰歌が披講されるようになった（恒川平一『御歌所の研究』参照）。

昭和二十一年四月一日「御歌所」は廃止され、一時図書寮歌詠課に移管されたのち、以後は「歌会始委員会」が従来の御歌所に代わる機能を有することになった。

（青柳隆志）

七 国歌「君が代」旋律の背景

遠藤　徹

和歌披講は平安時代に整備されて以降、連綿として相承され、幾多の変遷を経て今日に至るのであるが、その伝承の軌跡を今に伝える古楽譜をみると、今日の国歌である「君が代は千代に八千代に…」の詞章を例に披講の旋律を示すものが数多く伝存する【資料1】。和歌披講の相承では「君が代…」が根本的な歌として受け継がれてきたのである。本稿では、こうした和歌披講と歴史的に関連のある国歌「君が代」の旋律【譜例1】について、その音楽理論上の基となっている壹越調・律旋とはいかなるものであるか、また旋律の成立にはいかなる歴史的背景があるのか、などについて、雅楽の歴史や理論を研究している立場から見た私見を書き綴ってみたい。

君が代の成立

周知のこととは思うが、現在の「君が代」の旋律が作曲される前に、英国の軍人J・W・フェントン作曲になる別の旋律があった【譜例2】。フェントンは明治

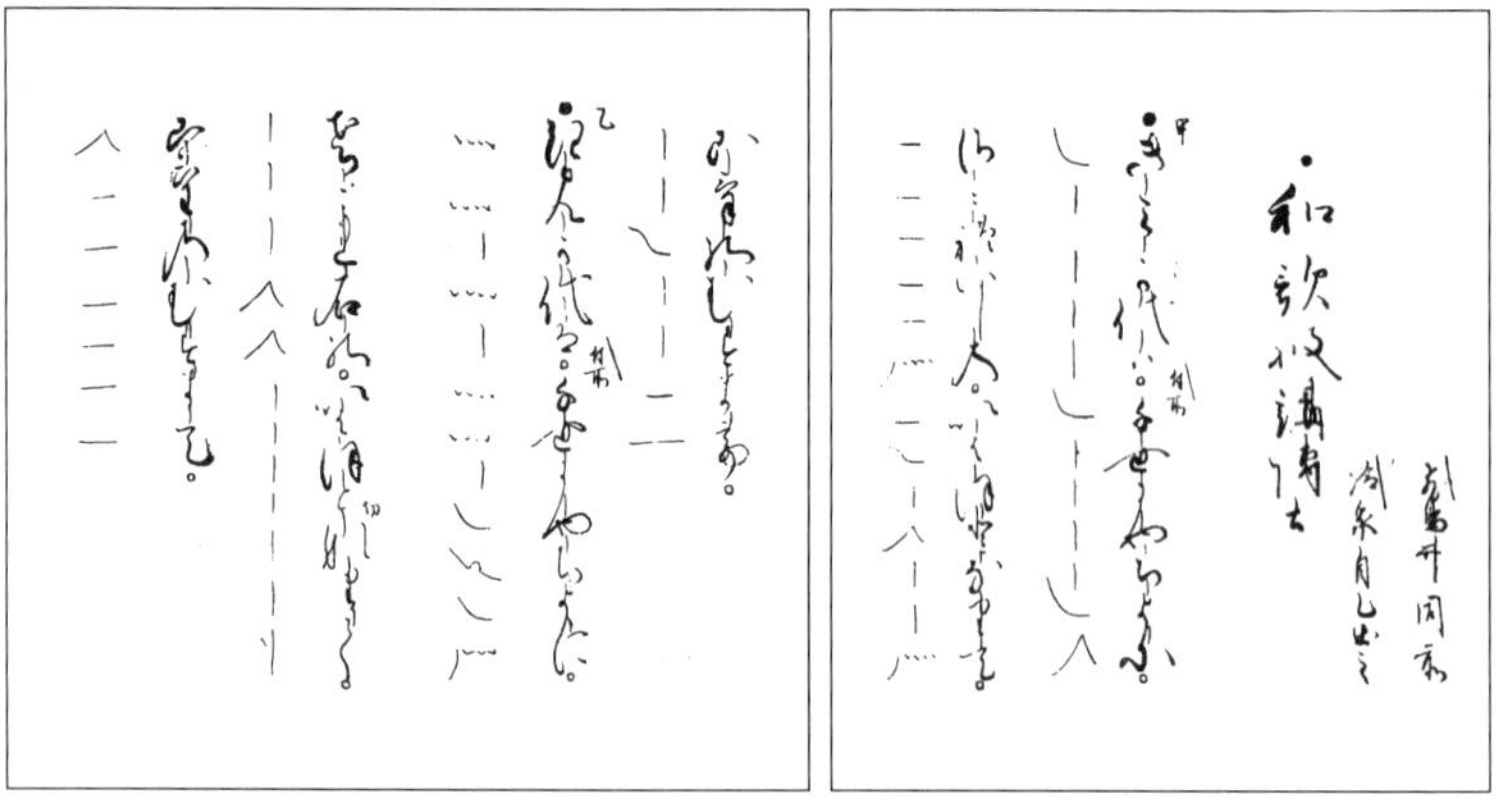

【資料1】　和歌披講博士「君が代」伝授譜（上野学園日本音楽資料室所蔵、江戸期写）

二年（一八六九）頃より薩摩藩の伝習生に横浜で軍楽の講習を行い、そのなかで欧米の各国で儀式などのときに演奏する国歌が日本にはないことを知り、その必要性を説き、自ら作曲したという。フェントン作曲の「君が代」は明治三年（一八七〇）九月に東京の越中島で明治天皇の前で行われた観兵式のさいに薩摩藩の軍楽隊によって初演された。以降、海軍の軍楽隊によって礼式のさいに演奏されるようになるが、コラール風のその旋律は評判が良くなかった。そこで明治九年（一八七六）に当時の海軍軍楽隊長の中村祐庸は海軍省軍務局長宛に「天皇陛下ヲ祝スル楽譜改訂之儀上申」を提出し、フェントン作曲の「君が代」は「其記スル所ノ音律、我国民ノ詠謡スル声節ト全ク不妥迭違ニシテ、其之ヲ吹奏スルモ聴者ヲシテ何ノ音楽タルヲ弁知スル能ハザラシメ…」と西欧風の旋律が日本人の音感には合

【譜例１】 現行の「君が代」

【譜例２】 フェントン作曲の「君が代」

わないことを述べ、曲の改訂を意見した。添付の「改定見込書」には「現時我国人ノ詠謡スル声響ハ、毎地方其音節ヲ異ニスルヲ以テ、何レヲ以テ正トスベキヤヲ断定スル極メテ難シ。因テ宮中ニ於テ詠謳セラル、音節ニ協合セシムルヲ以テ改訂ノ正鵠トナスベシ」とあり、日本人の音感に則した伝統的な旋法によるとしても、地方によって音節は様々であり、そのどれを正とするかを決めることは困難であるので、宮廷において相承されてきた音節にもとづくのが最も良い、という旋律改定の基本方針が示されている。中村祐庸の示した二つの論点、すなわち①西欧風の旋律から日本人の音感にあった旋律へ、②地域差の著しい日本各地の旋律の一つを択ぶのではなく宮廷音楽の伝統による、という二点が現行の「君が代」を理解するにあたってもっとも基礎をなすものといえる。中村の提案は、翌年に勃発する西南戦争により実現するまで少し時間がかかることとなるが、西南戦争終結後の明治一三年（一八八〇）に海軍省は正式に宮内省式部寮雅楽課に作曲を委嘱し、雅楽課の伶人有志数人による曲の中から、海軍省の中村祐庸、陸軍軍楽隊長の四元義豊、雅楽課伶人長の林広守、フェントンの後任の海軍省傭教師のドイツ人F・エッケルトの四人の審査によって壹越調・律旋の曲が「林広守撰譜」として選定された。そして、この旋律にエッケルトが壹越調・律旋に類似した教会旋法風の和声を付け、明治一三年（一八八〇）一一月三日の宮中における天長節において初演されるにいたった。新しい「君が代」は好評を博したという。

さて今日では実際に作曲にあたったのは雅楽課伶人の奥好義と林広季であったことも知られている。奥好義は、南都方の累代の楽家である奥家（天正年間以降は衰退した宮廷楽人の欠を補うために宮中にも召され三方楽人の一員となる）の出で、安政四年（一八五七）に京都で生まれる。明治三年（一八七〇）には新たに設置された雅楽局の伶人となり雅楽の伝承に携わる一方で、当時に輸入がはじまった西洋音楽の教習も受け、音楽取調掛御用掛、女子高等師範助教授などを兼任した。雅楽の分野では大正元年（一九一二）の明治天皇の葬儀のさいの誄歌（皇室の葬儀に歌われる歌）の再興に参与したことが知られ、西洋音楽の分野では受容の草創期にあって「勇敢なる水兵」「金剛石」「婦人従軍歌」などの唱歌の作曲、日本では最初のピアノの教則本となる『洋琴教則本』の出版などに業績を残し、その礎を築いたことで知られる。撰者にあたる林広守は、天王寺方の累代の楽家である林家の出身で、天保二年（一八三一）に大坂で生まれた。明治三年の雅楽局開設以来、草創期の雅楽局の基礎を作ることに貢献があった。また慶応元年（一八六五）に開かれた最後の三方及第会（江戸期に行われた雅楽の技能を試す試験制度）で、二百余年のあいだに僅か一〇名程度しかいないという満札による上芸に認定されるなど名手でもあった。林広季はその長男である。

ところで、林広守撰譜の現行の「君が代」は明治一〇年（一八七七）以降に編纂された『保育唱歌譜』（後述）のなかにも収められている。そして『保育唱歌譜』には、東儀頼玄撰による「サザレイシ」と題された「君が代は千代に八千代に…」と全く同じ歌詞に、双調・呂旋・拍子六の別の旋律を付けた曲も記載されている【譜例3】。東儀頼玄撰の旋律は明治一三年の審査に漏れたものなのであろうか。その真偽は分からないが、当時作曲された雅楽風の「君が代」の旋律は一つではなかった。また明治期に作曲された「君が代」の旋律にはもう一つ広く流布

【譜例３】 東儀頼玄撰「サザレイシ」

【譜例４】 『小学唱歌集』所載の「サザレイシ」

したものもある。それは明治一四年（一八八二）の日付けで音楽取調掛によって刊行された『小学唱歌集』初編に収められた旋律である【譜例４】。『小学唱歌集』所載の「君が代」は二番からなり、一番が「君ガ代ハ、チヨニヤチヨニ…」、二番は源頼政作の「君ガ代ハ、千尋ノ底ノ、サザレイシノ、鵜ノイル磯ト、アラハルルマデ」で、一、二番とも稲垣千穎による歌詞が加えられている。旋律はウェブ作（詳細不明）による英国古歌であるという。

このように「君が代は…」の歌詞に明治期に新たに作られた旋律には少なくとも四種のものがあった。そしてその中から結局は中村祐庸の改定案に沿って明治一三年に選定された雅楽風の壹越調・律旋によるものが国歌として歌い継がれてゆくこととなるのである。しかしながら雅楽の旋法は壹越調・律旋に限るものではない。宮廷音楽の伝統に則った旋律といっても様々なものがあり得た。実際、東儀頼玄撰による双調・呂旋のように異なる雰囲気の旋律も存したのである。では現行の「君が代」の旋律の基盤をなす壹越調・律旋とはいったいどのようなものので、どのような歴史的背景のなかで成立したのであろうか。次節では壹越調・律旋について詳しく述べていきたい。

壹越調とは

最初に確認しなければならないのは「壹越調」には二様の用いられ方があることである。すなわち一つは旋法（mode）の意であり、いま一つは基音（key-note）の意である。前者は、唐楽（中国から伝来した音楽を中心として平安時代に整備された音楽）の六調子のなかの一調子を形成するもので、後者は主に仏教音楽の声明や雅楽では朗詠などの歌もので用いられ、壹越（西洋音楽のレにほぼ相当する高さの音）を基音とすることを意味し、そこには旋法の概念は含まれない。もっとも唐楽の六調子としての壹越調も壹越を基音とするので、その意味では後者と同様なのであるが、ただ六調子の壹越調は律呂の分類では呂にあたる固有の旋法の意味をも含んでいる。すなわち唐楽では壹越調・律旋という旋法は実際には存在しない。「君が代」の旋律は壹越を基音（key-note）とする後者の意での壹越調である。したがって唐楽の壹越調の旋法に則っているのではないことにまず注意が必要である。

では壹越とはどのような音であろうか。単純に物理的な音程だけを取り出してみると、西洋楽理のレにほぼ相当する。そのため西洋音楽の歴史とともに発達した近代五線譜で示す場合には、レに宛てるのが通例となっている。しかし物理的な音程だけを見ても、雅楽の音の理解には十分とはならない。なぜなら歴史的に雅楽のひとつひとつの音は音律以外に方位・季節・国家など様々な要素と関連づけて捉えられてきたからである。こうした考え方はおそらく平安時代に陰陽道の盛行にともなって、陰陽五行説などと重層することによって形成されたものと思われる。そして様々な要素と結びついた音の体系は、天禄元年（九七〇）に貴族の子弟の必須教養とするべき内容を示した源為憲著の『口遊』に既にまとまった形で見え【表1】、平安時代中期には楽人に限らず貴族一般に広く知られていたことが分かる。ここでは壹越の音は「宮・君・中央・土」などを示す音として捉えられている。陰陽五行説と結びついた音の把握は、鎌倉時代の天福元年（一二三三）に南都方の舞人である狛近真が著し

壹越調	宮	君		中央	土
平　調	商	臣	秋	西	金
双　調	角	民	春	東	木
黄鐘調	徴	事	夏	南	火
盤渉調	羽	物	冬	北	水

【表1】『口遊』にみる五音の体系

た『教訓抄』巻六に「神楽者平調也。依レ為二亡国音一、後ニ成二壹越調一云々」と見えるように、「臣」を意味する平調（ミ）にもとづいては「君」を軽んじ亡国の憂いがあるため神楽では「君」を意味する壹越（レ）に改めた、とするいわゆる「平調亡国論」なるものまで生んでいる。「君が代」を作曲した明治期伶人の奥好義等がどこまでこうした考え方を継承していたかは定かではないが、明治時代の新作である後述の保育唱歌のなかの「春夏秋冬」（林広守撰）は「春」（双調・律旋）「夏」（黄鐘調・律旋）「秋」（平調・律旋）「冬」（盤渉調・律旋）と明らかに四季に配された音の体系を踏まえて作曲されており、根強い伝統が感じられる。

もっとも陰陽五行説との関連は深読みに過ぎ、実際には壹越調を選択した理由はその声域がこの旋律を歌うのに適しているということが主な要因とも思われる。朗詠などの宮廷歌曲では基音を時々の事情にあわせて、壹越調（レ）、平調（ミ）、盤渉調（シ）などに変える伝統があるからである。そして音楽の雰囲気を決定づけているのは基音よりも音の旋りかた、すなわち律旋にあるといえる。次に律旋について考えたい。

律旋とは

律旋の由来

現在通行する理論では雅楽の旋法は一般に以下の二種に分類される。

律旋法　宮・商嬰商・角・徴・羽嬰羽・宮

呂旋法　宮・商・角・変徴《徴》・羽・変宮《宮》
（呂旋法は宮・商・角嬰《角》・徴・羽嬰《羽》・宮とする解釈もある。）

なお唐楽の六調子は以下のように配される。

【律】平調、黄鐘調、盤渉調
【呂】壹越調、双調、太食調

この体系は少なくとも元禄三年（一六九〇）に完成した『楽家録』（安倍季尚撰）までは遡ることができるが、平安時代にはいくらか異なっていた。そこで律旋の由来を考えるにあたっては、いくらか遠回りとなるが、雅楽の諸旋法の源流となった中国の在り方から始めなければならない。中国では音律の定め方に周代の頃より三分損益という方法を採っている。三分損益は管長比三：二（五度上）と三：四（四度下）をくり返して、音律を導き出す方法で、煩雑になるので詳細は省くが、そこで最初に求められる五声（仮にドからはじめるとドーソーレーラーミ、すなわちドレミソラとなる）を宮—商—角—徴—羽と名づける。そしてさらに二回くり返すと二変声（シと#ファ）が得られる。二変声はそれぞれ宮・徴より一律（半音）低いことから変宮・変徴と呼ぶ。こうしてできた七声、すなわち宮—商—角—変徴—徴—羽—変宮（ドレミ#ファソラシ）が調を作る上でもっとも基本をなす。そして宮を主音とする調を「宮調」といい、「宮調」はそのまま宮—商—角—変徴—徴—羽—変宮（ドレミ#ファソラシ）の音列で形成される。ついで商を主音とする調は「商調」といい商―角―変徴―徴―羽―変宮―宮（レミ#ファソラシド）の音列となる。このように七声各々を主音とすることができ、机上の理論では宮調、商調、角調、変徴調、徴調、羽調、変宮調の合計七つの調を作ることができる。さて、三分損益の法は十二回行うと十二の音律を生むことができる。これを十二律といい各々に黄鐘・林鐘など固有の名称が付けられている。十二律はほぼ西洋音楽の十二の半音に該当する（厳密にいうと平均律とは異なるが）。前述の七調は理論上は十二律いずれの上にも作ることができる。そのため理論上は七×十二で八十四調が想定しうるのである。もちろんこれは机上の計算であり、実際には、器楽が極めて発達した唐代でも二十八調にとどまっていた【表2】。

さて日本に伝わった調は十二、三の調であったと考えられるが、それらのほとんどが唐代中国における二十八調のなかに所属する調で、旋法の種類としては宮調、商調、角調、羽調の四旋法であった。そして十二、三の調が平安時代に日本の風土にあわせて次第に変化してゆく歴史のなかで、壹越調・平調・双調・黄鐘調・盤渉調・太食調の六調子に整理され、六調子はさらに律呂に二大分類され前述の理論体系に整えられていったのである。

宮調	沙陀調	高　　宮	中呂宮	道　調	南呂宮	仙呂宮	黄鍾宮
商調	大食調*	高大食調	双調*	小食調	水調	林鍾商	越調(壹越調)*
角調	大食角	高大食角	双角	小食角	歇指角	林鍾角	越　角
羽調	般渉調*	高般渉調	中呂調	平調*	高平調	仙呂調	黄鍾調*

【表2】　唐代理論の二十八調名　　　＊は日本の唐楽の六調子名

では律呂の分類はいつ何のためにつくられたのであろうか。実はこの過程についてはまだはっきりとしたことは分かっていない。しかしその要因の一として想起されるのは、平安時代の一〇世紀初頭の頃より盛行した御遊である。御遊は天皇、上皇、法皇などを中心に殿上人が集まり音楽を奏するいわゆる管絃の遊びで、清暑堂御神楽の後、正月に天皇が上皇や皇太后の御所に年始の挨拶に行幸する朝覲行幸の際、摂政大臣が正月に私邸にて饗宴を催す大臣大饗の際、天皇の御元服の折、など様々な機会に催された。醍醐天皇の皇子、左大臣源高明（九一四～九八二）著になる『西宮記』（巻八　臨時宴遊事）には「夫於二律遊一者用二平調一、於二呂遊一者用二双調一、至二于他調一随レ時用レ之、但律呂遊以レ哥為レ本、楽曲相交反レ声…」とみえ、宴遊に際しては歌ものを主体に楽曲を交ぜて、平調などの律、双調などの呂に分類された曲目を奏することが述べられている。このように御遊では様式が次第に整うと、律呂に配された二調の楽曲や催馬楽の曲を奏するのを式とするようになる。実際、折々の御遊の記録を収めた『御遊抄』をみてもこの原則通りに行われている例を多く見出すことができる。例えば平安時代の末期、琵琶の名手として楽道に名高い太政大臣藤原師長が名器玄上で参加した治承二年（一一七八）六月一七日中殿御会に際しての御遊での曲目は以下のものが記録されている。

【呂】穴貴（催馬楽）、鳥破、席田（催馬楽）、賀殿急（以上、おそらく双調）

【律】伊勢海（催馬楽）、万歳楽、五常楽（以上、平調）

左右に分立され番舞数番を連ねる上演様式が整備された舞楽では必ずしも律呂の分類の必要性は思い当たらないことから、平安時代中期の御遊の確立とその音楽史上の前提をなす管絃の様式や歌ものの催馬楽の成立が律呂の分類の成立と関連が深いのではなかろうか。

　催馬楽は地方の民謡が宮廷に取り入れられて雅楽風に編曲されたもので、史料上の初見は『日本三代実録』貞観元年（八五九）一〇月二三日条の広井女王の薨去に際して「薨時年八十有余。…以レ能レ歌見レ称。特善ニ催馬楽歌一。…」と見える記事であり、おそくとも平安初期には催馬楽歌は成立していた。そして『奥義抄』によれば一条左大臣源雅信（九二〇～九九三）がはじめて律呂を定めたとも伝わっている。一〇世紀半にはすでに催馬楽が律呂に分類されていたことは、『口遊』において催馬楽の曲目が律呂に分けて記載されていることからも確認できる。

　楽の方では、いつ律呂に分類されたのかは定かではないが、平安後期以降多数編纂されるようになる楽書の先駆をなす長承二年（一一三三）大神基政撰の『龍鳴抄』には「律の声三。平調。ばんじきてう。わうじき調なり。呂三。一こつでう。そう調。大じきてうなり。」と見える。すなわち、おそくとも一一世紀初には平調、盤渉調、黄鐘調の三調を律、壹越調、双調、太食調の三調を呂とする今日まで継承されている律呂分類の考え方がすでに形成されていたことが分かる。

　また雅楽の理論に倣って理論体系を発達させた仏教音楽の声明でも「呂曲」「律曲」の語で律呂の分類が用いられる。声明でもいつからこの分類法が用いられたかは定かではないが、天台声明の理論家として名高い湛智が承久元年（一二一九）頃に著した『声明用心集』のなかに呂律（および中曲）の分類が見える。声明の世界でも律呂はずっと継承されている。洛北大原は中国の声明の聖地になぞらえ「魚山」と呼ばれ、勝林院を中興したと伝わる寂源の頃より一千余年、大原流天台声明の根本道場としても知られる。その大原の地に大原流中興の祖といわれる良忍の建てた来迎院をはさんで流れている呂川、律川の名は声明の呂、律の分類に由来している。

なお「律呂（呂律）」の語はさらに音律を示す語にも用いられ、音律がはずれることを「律呂にそれる」などといい、転じて「ろれつ（呂律）が回らない」の語も生んだ。

さて前掲の『龍鳴抄』には「呂といふ声はおとこのこゑなり。律のこゑといふは女のこゑなり。陰陽又これをなじ。文武といふも。天地といひ。おもてうらといふ。上下といふ。みなこれ也。」との記載も見える。律呂の分類は純粋な音楽理論上の問題に止まるものではなく、五音の体系と同様に陰陽思想との関連も逸することができない。つぎに音楽理論として整理された律呂からはいくらか異なる律呂の用法についても触れておきたい。

古代中国では三分損益法によって得られた十二律のうちの奇数番目に生成される六の音律を陽で律、偶数番目に生成される六の音律を陰で呂とする陰陽思想にもとづいて分類する考え方もあった（『漢書』律暦志など）。ここでは律と呂は夫婦のように互いに相補う関係にあるものと解される。十二律はまた十二支や十二月とも結び付けられた。陰陽思想にもとづく十二律の解釈は、天平七年（七三五）に吉備真備が将来した『楽書要録』（則天武后撰とされる体系的な楽書）などによって日本へももたらされ、楽家や声明家に長く継承されることとなる。また日本で新たに成立した陰陽道の考え方とも結びつき様々な論が展開されるのである。その痕跡は平安後期から中世にかけて盛行する楽人の手になる楽書や楽譜、仏家の理論書などに夥しく止められている。一例を掲げると、南都方の舞人の狛近真著の『教訓抄』巻第八には十二律と十二時・十二月および呂律の関係を以下のように記している。

一　十二調子者、

壹越調　呂　壹越性調　律　平調　律
性調　律　乞食調　呂　道調　律
双調　呂　黄鐘調　律　水調　呂
盤渉調　律　太食調　呂　沙陀調　呂

コレハ以前ニ申ツル十二時ニアツルベシ。

又十二月ニ充ル者ハ

正月　盤渉調　律　二月　神仙調　呂
三月　鳳*音調　律　四月　壹越調　呂
五月　鸞鏡調　呂　六月　平　調　律
七月　勝絶調　呂　八月　龍*吟調　律
九月　双　調　呂　十月　鳧鐘調　律
十一月　黄鐘調　律　十二月　断金調　呂

（*鳳音調は現行では上無、龍吟調は現行では下無。）

しかし、これらの考え方は狛近真が「カクハアテタレドモ、一切ニシラヌ事ニ侍ドモ、古キ物ニシルシテ侍バ、シルスバカリナリ」と述べているように実践から遊離しているために鎌倉期にはすでにあやしくなっており、次第に忘れ去られていったようである。

話が少し横道に逸れたが、現行の律旋法は音楽理論上の分類であり、平安時代に形成された呂律の分類も、純粋楽理的にみると一応、唐代中国の諸調のうちの角調・羽調が律へ、宮調・商調が呂へ収斂されたものとみることができる。なお角調と羽調は基本音列（唐代中国の理論用語では均）を等しくする調（西洋音楽の楽語では平行調にあたる）が結びついたため、音列上の問題は生じていないが、宮調・商調は主音を同じくする調（西洋音楽の楽語では同主調にあたる）が結び付けられたため同じ調でも基本音列が異なるという矛盾を抱えるようになった。このことが現在にまで及んでおり、呂旋法を七音音階で解する場合には二種の解釈が成り立つ原因となっている。また宮、商、角、徴、羽の音位と音律の関係に日本と中国の相違が生じ、この点も長きにわたる楽理論争を引き起こす要因となった。すなわち中国では三分損益法によって生成する最初の七音を音高順にならべ、宮—商—角—変徴—徴—羽—変宮の音位を与え、調（旋法）はこれらのいずれをも主音にできると考えた。しかし日本ではいつのころからか各旋法の主音を必ず「宮」として理論化する考え方が定着した。そのため中国では宮—〈二律〉—商—〈二律〉—角—〈二律〉—変徴—〈一律〉—徴—〈二律〉—羽—〈二律〉—変宮—〈一律〉—宮の音程関係は常に一定に保たれていたのに対し、日本の新たな称呼法では調によって宮—商—角—変徴—徴—羽—変宮の各音間の音程は一様ではなくなり、この矛盾をいかに説明するかで苦心することとなる。

例えば平安末期に藤原師長（一一三八～一一九二）が撰述した『仁智要録』では、宮―商―角―変徴―徴―羽―変宮の名称はそのままにして唐代中国の宮調（『仁智要録』では宮調と商調の関係は曖昧になっている）・羽調に由来する調を以下のように示す。

宮・商・角・変《徴》徴・羽・変《宮》　（宮調）

宮・商角・変《徴》・徴・羽変《宮》・　（羽調）

宮調は三分損益法によって得られる音律と一致するが、羽調では三分損益法の音律と七声の名称が一致しない。そのため羽調に由来する調のあとに「但、宮商徴羽四声者合二相生法一、角変徴変宮三声者一律下歟」などといった補足説明を加えている。

もう一例を紹介すると、『梁塵秘抄口伝集』巻十二では律呂の二大分類を行い律呂の音律にあてはまらないものを半呂半律として以下のように整理している。

律　宮・商嬰《商》・角・徴・羽嬰《羽》・　（羽調）

呂　宮・商・角・変《徴》徴・羽・変《宮》　（宮調）

半呂半律　宮・商・呂律《角角》・徴・羽嬰・　（商調）

半呂半律　宮・商・呂律《角角》・徴・羽・変《宮》

『梁塵秘抄口伝集』巻十二の記載では、律呂の二大分類において角の音位が相違するとし半呂半律の解釈に「律角」「呂角」の語を用いていること、五声の一律上の音位に対し「嬰商」「嬰羽」など「嬰」の語を用いている点に注目される。これらの用語法が今日の理論に直接つながっているからである。しかしながら『梁塵秘抄口伝集』は著者や成立年代など基本的な問題について未解明な点が多い。

ここでは二例にとどめるが、もともと二つではなかった調を律呂に二大別することにはそもそも矛盾があり、また各音位の称呼法において中国と相違が生じたことから、様々な解釈が生まれ長い間論争がなされることとなった。楽理論争は平安中期以降に盛行した郢曲や神楽歌など日本古来の歌舞、声明諸曲をも巻き込み、さらに楽理に止まらない陰陽思想による解釈も相俟って複雑なものになっていくが、そのなかで律旋をめぐって看過することのできない問題について次に触れたい。

律旋解釈の古今の相違と律旋のもう一つの源泉

前掲の藤原師長撰『仁智要録』の解釈では、実は律旋法の内容が現在のものとは異なっている。七声の音列のみを考えると埋もれてしまうのであるが、七声を主五声と二変声に分けてみると問題がにわかに浮上してくる。唐楽の諸調の旋律は七声で形成されるが、二変声は経過音や装飾音的な用法が多く、その骨格はたいがい主五声で構成されている。そして箏は各調の主五声に調絃し、二変声は本来は左手による「推」（左手で絃を推して音律を上げる技法）などを駆使して作られる（現行の伝承では左手の奏法が失われているため箏は主五声のみが奏でられる）。現在の理論では、平調（ミを主音とする調。基本音列はミ―#ファ―ソ―ラ―シ―#ド―レ―ミ）を例にとると律旋法の主五声は平調（ミ）・下無（#ファ）・黄鐘（ラ）・盤渉（シ）・上無（#ド）とされているため【譜例5】のように調絃する。

しかし唐代中国の理論では平調（林鐘均羽調）の主五声は平調（ミ）・双調（ソ）・黄鐘（ラ）・盤渉（シ）・壹越（レ）で、傍線を施した二声の音律が現行と異なっていたのである。『仁智要録』に記載された調絃法は【譜例6】のとおりで、平安時代末にはいまだ唐代の理論をよく継承していたことが分かる。

このように七声の体系で考えると唐代中国の羽調と現在の日本の律旋法に相違はないが、主五声は異なってい

【譜例5】 現行の調絃法

【譜例6】『仁智要録』の平調の調絃法

るのである。そして楽曲や郢曲は主五声を中心に構成されるため、厳密にいえば律旋法にあたる旋法の直接的な起源は唐代中国にはなく、律旋は日本での伝承のなかで主五声の位置が移動することによって生じた旋法とみることができる。

　ではこのような主五声の変化はいつどうしておきたのか。その詳しい経緯についてここに明らかにすることはできないが、やはりそこには宮廷社会に継承された日本人古来の音感が何らかのかたちで作用しているのではなかろうか。そしてこのことを考える手掛かりの一つは、日本古来の歌舞のなかにあるように思われる。現在の雅楽の種目は、（一）皇室系・神道系の歌舞、（二）大陸から伝来した楽舞、（三）平安時代に新たに作られた歌曲、の三つに分類して考えるのが一般的である。皇室系・神道系の歌舞は日本の古来の歌舞を継承したものであるが、そのほとんどは中世には中絶し、近世に徐々に再興されたものが現行のものとされる。もっとも御神楽のみは一応連綿と伝えられてきたといわれている。しかしその内容にはやはり時代的な変遷が想定されなければならない。したがって資料の制約上、現行の伝承から日本古来の歌舞の実像を知ることは困難なのであるが、注目されるのは古文献からうかがえる歌舞の実体である。

　『教訓抄』の著者の狛近真の孫である狛朝葛が文永七年から元亨二年の間（一二七〇〜一三二二）に撰述した『続教訓抄』では、神楽歌の音律を理論体系に取り込み、呂・中律・但律の三分法を提示している。『続教訓抄』第九冊には「今私云付二律文一者二差別、故始立二其名号一中律但律」と、律に二種あることを述べ、それらを中律、但律と名付けると記されている。そしてその理由を「上古只云二呂律一、律中又有二二位一云事無三其沙汰一、而今云二音曲一云二楽曲一其音正是殊也、故竊立二中但律一名惣分二別三種位一所レ謂也」と上古には呂律の分類のみであったが、実際の音曲や楽曲では律には二種の別があるため、中律、但律の別を設け三種に分別したと記す。

ついで呂・中律・但律の実際の曲目として以下のものを掲げる。

呂　…壹越調「賀殿」等、声明「引声」等
中律…平調「万歳楽」等、声明「礼頌」等
但律…太笛曲神楽等、声明「文殊讃」等

呂・中律・但律の音律の実際の内容についても図を用いて説明しているが、様々な問題を含んでおりその一々を考証していると煩雑にすぎるので、ここでは、一応、呂の例に唐楽の壹越調、中律の例に唐楽の平調が掲げられていることから、呂と中律の分類が従前の呂律の分類に該当し、新たに神楽等に対して但律の位を設けた、という基本的な理解を示すにとどめる。ちなみに呂、中律は七声（七音音階）であるのに対し、但律は五声（五音音階）であった。

さて『続教訓抄』の記載で注目されるのは、中国から伝わってきた諸概念をもとにして、大陸系の楽を対象としていた理論体系を、古来の歌舞に敷衍した点にある。そして古来の歌舞の理論化の過程で一見似ている唐楽の平調と神楽歌の音階の相違が意識され弁別されることとなったと推察されるのである。ここで想起されるのは『徒然草』第百九十九段の「横川行宣法印が申し侍りしは、唐土は呂の国なり。律の音なし。和国は単律の国にて、呂の音なし、と申しき」の記載である。行宣法印のいう「単律」は「但律」を指していると推定されるが、ここには神楽等日本古来の歌舞の旋法が和国に特有の旋法とする認識が芽生えていたことがうかがえるのである。この意識は『続教訓抄』に先行する大原流天台声明の理論家湛智の『声明用心集』にも見られる。『声明用心集』では雅楽曲とともに声明の諸曲も含め呂曲(上曲)・中曲・律曲(下曲)の三分類を提示する。『続教訓抄』はここから何らかの影響を受けたものと推察されるが、湛智の分類でも呂曲は「辰旦ノ七音」、中曲は「印度ノ五七音」、律曲は「日本ノ五音」とし、律曲を五音(音階)による日本の旋法とする認識が示されている。

では但律とはいったいどのような旋法で、中律とはどのように異なっていたのであろうか。中律は具体的な楽曲の例として平調の曲が掲げられていることから中国の羽調にあたる七音音階であったと考えられる。問題は但律である。『続教訓抄』では神楽を例としている。では当時の神楽はどのような旋法で構成されていたのであろうか。私は『続教訓抄』や中原茂政によって一四世紀半に撰述された篳篥譜である『中原芦声抄』の分析から、一四世紀のころの神楽の旋律を構成する五音の基本は、宮=壹越(レ)、商=勝絶(ファ)、角=双調(ソ)、徵=黄鐘(ラ)、羽=神仙(ド)であったとかつて推定したことがある(「神楽歌をめぐる二つの点描」日本文化財団発行「雅楽」特別鑑賞会第十回プログラム所載、一九九八年)。しかしその折に、宮・角・徴の三音が核をなし、商・羽の二音は元来変動性をもっていた可能性についても、あわせて言及した。商、羽は実際は十二律にはあてはまらない微妙な音程だったのかも知れない。一方、調絃によって音律が確定する和琴の調絃は、古楽譜研究の先駆者である林謙三氏によると、宮=壹越（レ）、商＝平調（ミ）、角＝双調（ソ）、徴＝黄鐘（ラ）、羽＝盤渉（シ）であった（『天理図書館善本叢書和書之部第十六巻　古楽書遺珠』解題　八木書店　一九七四年）。この五音は『続教訓抄』や『声明用心集』が引く安然撰『悉曇蔵』に見える五音に一致する。そして、この和琴の五音と歌における可動的な音の性質とが相俟って、中国、印度の音階とは異なる、日本式の五音が認識され、理論づけられることになったのであろうか。但律の五音は一応、宮＝壹越（レ）、商＝平調（ミ）、角＝双調（ソ）、徴＝黄鐘（ラ）、羽＝盤渉（シ）に比定される。もっとも『続教訓抄』『声明用心集』には論理的な矛盾も含まれており、実際には合点のいかない記述も多い。したがって当時の実像を正確に把握するには、なお多くの困難があることも否めない。（両書に内包する諸矛盾は、一三世紀当時の目線に立つとき、私には理論化の過程における生みの苦しみのようにも感じられる）。とまれ、中律（中国の羽調）と但律の五音、現行の律旋の三つを比べると【譜例7】のような関係になる。

　このようにみると、前述の唐楽の律旋の主五音の変化の一因には、但律、すなわち神楽歌など古来の歌舞の理論化が関わっていることが想定されてくるのである。また、変化の前提条件として、変化した音が、羽調の宮・徴にあたり、いずれも本来

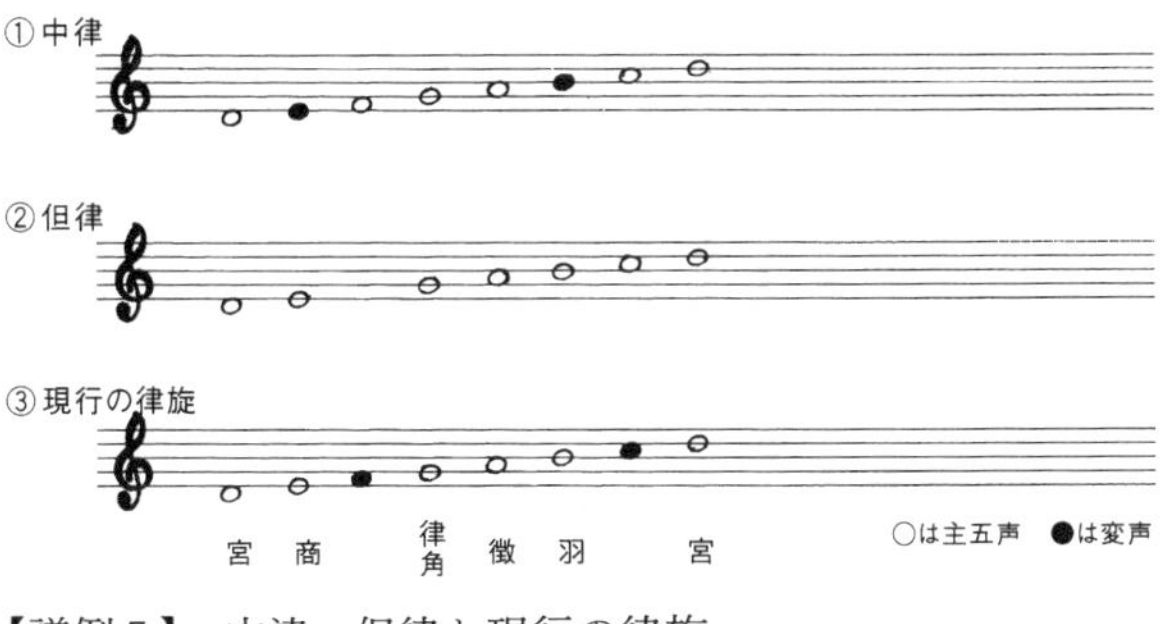

【譜例7】　中津、但律と現行の律旋

「由」という装飾が施される音位であった（拙稿「龍笛旋律のなかの「由」の痕跡」『東京学芸大学紀要　第二部門　人文科学』第五一集、二〇〇〇年参照）ことにも注意すべきであろう。

さて『続教訓抄』によって立てられた呂・中律・但律の分類は、楽家ではその後に継承発展された形跡はほとんど見られず、結局、郢曲もふくんだ呂・律の二分類へ収斂されることとなる。その歴史的経緯を実証する用意は今はないが、唐楽の主五声が変化したことによって、例えば壹越（レ）にはじまる音階を仮定すると、呂旋の主五声は、宮＝壹越（レ）・商＝平調（ミ）・角＝下無（#ファ）・徴＝黄鐘（ラ）・羽＝盤渉（シ）、律旋の主五声は宮＝壹越（レ）・商＝平調（ミ）・律角＝双調（ソ）・徴＝黄鐘（ラ）・羽＝盤渉（シ）と整理されることとなった。なお七声で考える時は、一律上の音律には「嬰」、一律下の音律には「変」の語を用い、律旋では嬰商（ファ）・嬰羽（ド）、呂旋では変徴（#ソ）・変宮（#ド）あるいは嬰角（ソ）・嬰羽（ド）の二変声を認めることで論理的には矛盾のないすっきりしたかたちになっている。

一方、雅楽とならんで古代以来の日本の音楽史の骨格を担っている声明では、宗派や流派によって様々な展開が見られた。そのすべてをここに記すことはもとよりできないが、大原流天台声明では前述の湛智の立てた呂曲・中曲・律曲の理論を継承しつつも、その内容について以後長きにわたって論争をくり返す。そのありようは宗淵（一七八六〜一八五九）の『声律羽位私記』や秀雄（一七九九〜一八四〇）の『律羽位之事』などにとどめられている楽理論争などにみることができる。結局天台声明では三分法を継承したまま、現在では雅楽とは異なるかたちで次のような理論付けをしている（天納傳中著『天台聲明概説』叡山学院、一九八八年に拠る）。

呂曲　宮・商・角・変徴・徴・羽・変宮・宮
中曲　宮・商・嬰商・角・徴・羽・嬰羽・宮
律曲　宮・商・・角・徴・・羽・宮

いくらか専門的な難しい話となってしまったので、ここで律旋の由来を簡単にまとめると、現在の律旋法は、中国からもたらされた旋法（羽調、角調）が日本の風土で受け継がれてゆくなかで変容した系譜と、宮廷で継承され培われた日本古来の歌舞の旋法が融合したところに生まれた旋法といえる。前者の変容に影響をあたえたと考えられる後者の旋法は、『徒然草』に見られるように和国に特有の旋法とする認識が中世以来存した。

【呂律旋法の理論と実際】

理論上は雅楽の旋法は上記の呂律の分類となるのであるが、実際には現行の伝承では必ずしも理論通りの音のみで奏されてはいない。なかでも注意されるのは催馬楽において呂旋法の角が律角へ変位してしまい、ほとんど律旋法と変わらない姿となっている点である。唐楽でも比較的純粋な呂旋法を示しているのは双調のみで呂旋法の変容が著しい。

また理論と実際との乖離に関しては律旋法の一部が陰旋（都節）化（レを基音とする五音音階を想定すると、レ―♭ミ―ソ―ラ―♭シ―レ、傍線が律旋にはない音）している傾向も指摘される。私は録音資料や音程を示した古楽譜の分析などから雅楽が陰旋法への変容を強めたのは明治期以降の可能性があると考えているが、現行の姿では、唐楽の篳篥の旋律でこの傾向がめだつ。また歌ものでは可動的な音として理論化されている商・羽がいずれも変商・変羽に変位され陰旋化している例が多い。

こうしたなか「君が代」は依然として純正な律旋法の音程を伝えているのに注意される。この事実は、音程を固定化する西欧式の五線譜によって音楽が伝承されたことと関連が深いのではなかろうか。音楽の伝承と記譜の関係を考える上で興味深い事柄のように思う。

明治期伶人の創意と保育唱歌——「君が代」撰譜の周辺

前節で律旋法の由来について述べてきたが、実は上述の内容は旋法の一側面を示したものに過ぎない。なぜなら元来「旋法」とは音程系列である「音階」とは異なり、節の旋りかたをも規定する概念だからである。例えば天台声明の呂曲、律曲、中曲の別は、実際には音階の違いよりも「ユリ上ゲ」「フミ上ゲ」（呂曲）「アタリ」「律下リ」（律曲）「教化下リ」「ツキ上ゲ」（中曲）などといった旋律型の種類や用法の相違による面が大きい。また全旋法を通じて用いられる「由（ユリ）」という装飾法でも「律ノ由ハ浅クユル、中曲ノユリハ深クユル…凡ソ三種五音。由ニヨテ差別モ出来…」（知空註『三種五音事』）などに見られるように、旋法ごとに異なる唱法が歴史的に追求されてきている。宮廷音楽でも事情は同じである。【資料2】は『朗詠九十首抄』に示された五音の図であるが、ここに明らかなように朗詠などの郢曲では宮・商・角・徴・羽の各音は装飾法と密接に結びついていた。しかし「君が代」の旋律には特定の装飾法は一切施されていない。このことは同じく壹越を主音とする律旋法にもとづいて江戸時代の末に再興された久米歌の旋律と比較するとより鮮明となろう。【資料3】には久米歌の冒頭部分の歌譜を掲げた。「宇陀能、多加…」の「能」には徴に特有の「ユリ」が付されていることに注意されたい。久米歌では全曲を通じて五音に則した装飾法が施されている。このように「君が代」は確かに律旋法という永い宮廷音楽の伝統によって培われた旋法の上に立つものではあるが、必ずしも伝統の脈絡に束縛されていないのである。宮廷音楽の伝統で醸成された装飾法などの規則は高度に洗練されたものではあるが、一方では習得にはある程度以上の訓練が必要で

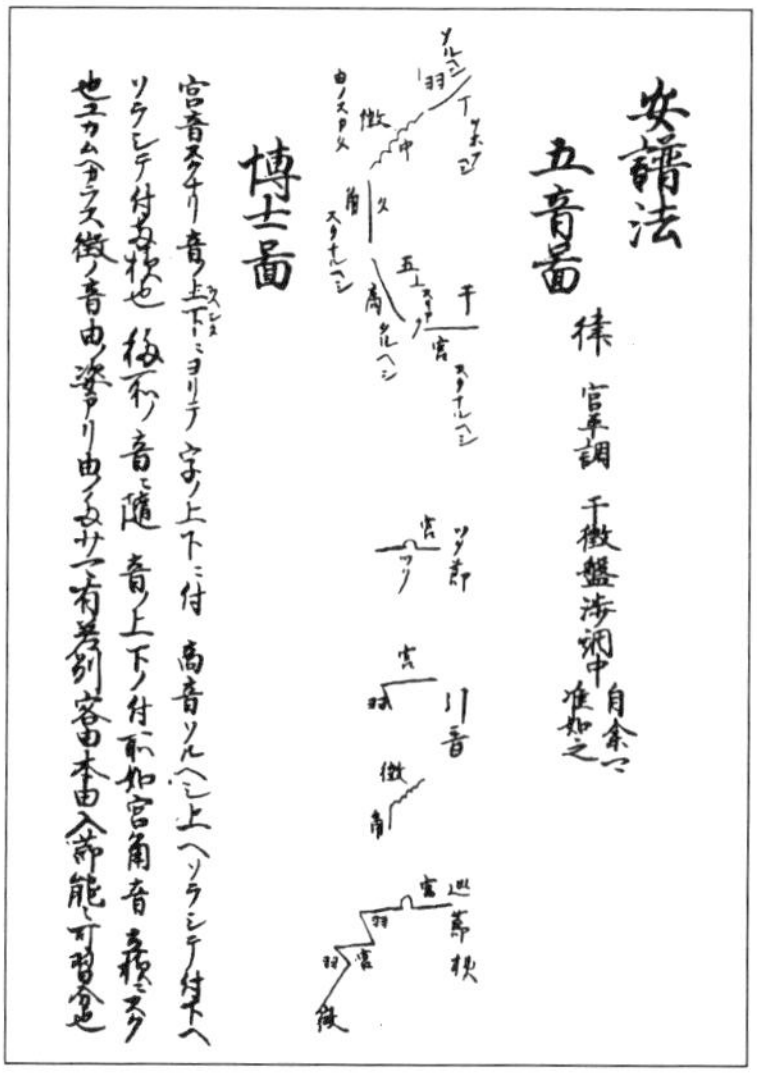

【資料2】
『朗詠九十首抄』（東京芸術大学附属図書館所蔵　久世家本）

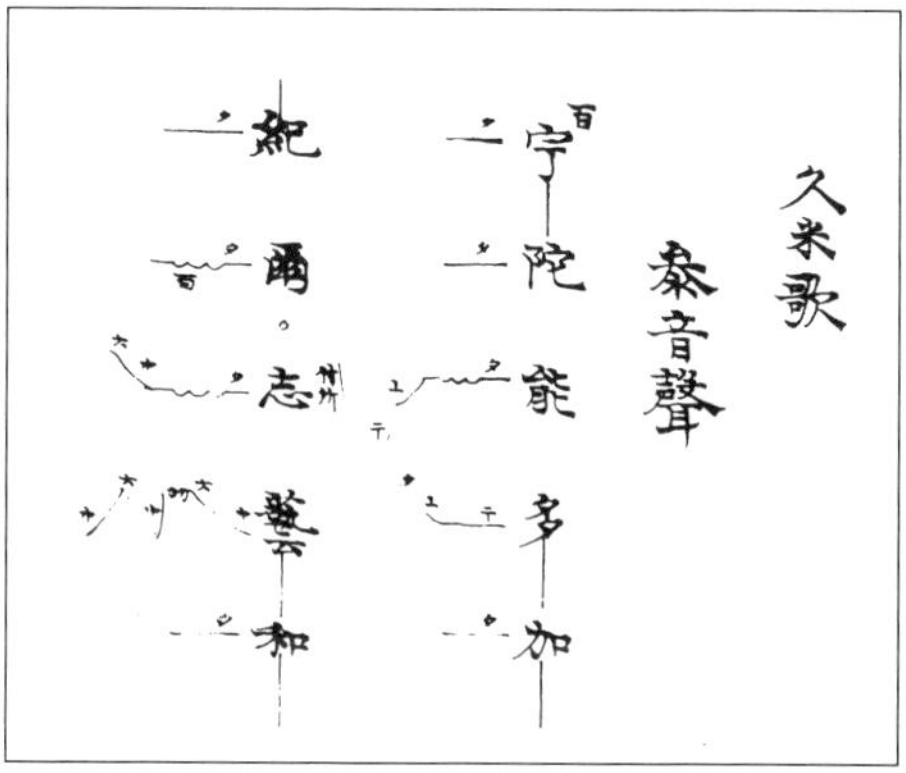

【資料3】
久米歌　歌譜（東京芸術大学附属図書館所蔵）

誰もが容易に歌いこなせるものではない。明治期の伶人は伝統によりながらも、新たな時代に対応して、多くの人が容易に歌える歌の創作を模索したのであり、「君が代」の旋律はそうした努力のなかから生まれたのであった。そして「君が代」の旋律誕生の背景をなす明治期伶人の新しい歌作りの軌跡は、明治一〇年（一八七七）から明治一三年（一八八〇）にかけて集中的に作られた保育唱歌のなかにまとまったかたちでみることができる。

明治五年（一八七二）の学制頒布で小学校には「唱歌」、中学校には「奏楽」の教科が規定される。そして唱歌を重んじた東京女子師範学校付属幼稚園では宮内庁式部寮雅楽課に依頼し「保育唱歌」を作成し、明治一〇年（一八七七）にはやくも唱歌教育を実践することとなった。保育唱歌は、フレーベル式幼稚園の教育書の中の唱歌遊戯の翻訳、日本古来の詩歌、保母による新作詞などの歌詞に、雅楽課伶人の計二四人と保母の近藤浜という女性が作曲したものであった。作曲にあたった伶人のなかには「君が代」の撰者である林広守、実際の作曲者である奥好義と林広季をはじめ芝葛鎮、上真行（一月一日の作曲者）、豊喜秋、山井景順などの名がみえる。曲目は総計で一〇〇を数える。旋律はいずれも雅楽の呂旋・律旋でできており、内訳は呂旋一一（壹越調二、平調一、双調六、黄鐘調二、盤渉調〇）、律旋八九（壹越調二三、平調三三、双調五、黄鐘調一一、盤渉調一八）と圧倒的に律旋が多い（数字は伊吹山真帆子氏の「保育唱歌について」に拠る）。

呂旋・律旋の内容は前述の「律旋とは」の冒頭に示した理論どおりとなっているが、実際の曲に則して旋律法を見ると、呂旋では変声の使用は少なく、一方の律旋は嬰商はほとんど用いられず基本は主五声と嬰羽となっている。保育唱歌をみるかぎりでは「君が代」は当時の標準的な律旋の活用法で形成されている。

さて『保育唱歌譜』に収載された曲目をひとつひとつ見てゆくと、催馬楽の旋法様式に倣ったもの、越殿楽など唐楽の旋律に類似したもの、朗詠など伝統的な歌謡の装飾法を応用しているもの、など伝統的な様式をよく継承しているものもあれば、必ずしも伝統的な様式に束縛されず自由な音の動きを試みているものなど、さまざまな曲が見出せる。極めて主観的なことをいえば、埋もれてしまったのは惜しいと感じられるような佳作も多数ある一方で、歌い継がれるのはちょっと困難であろうと思われるような凡庸な曲もある。しかし玉石混淆であるからこそ、当時の創作に従事した伶人達の飾りのない生の息吹が伝わってきて、そこに感銘を受ける。新たな様式の模索は行方の知られぬ苦しさもあれば、一方では創造の楽しさに満ちたものであったに違いない。『保育唱歌譜』には、伝統を保持しつつも、新しい時代に対応すべく、多くの人が平易に歌える新しい歌の創出を模索した明治期伶人達の精神の営みが刻印されているのである。保育唱歌の作曲は明治一〇年（一八七七）からの数年にそのほとんどがなされている。

現在の東京芸術大学音楽学部の前身である音楽取調掛が設置される以前のことであった。当時作曲された曲目は「花橘」（山井基萬撰）「鏡山」（林広守撰）「ふりぬるふみ」（芝葛鎮撰）「山時鳥」（東儀季芳撰）「風車」（作者未詳）「野山の遊び」（奥好壽撰）の六曲がのちの『小学唱歌集』のなかに編入されることとなるが、他の曲は歴史のなかに埋もれてしまった。ここでは参考までに「君が代」の実際の作曲者である奥好義（「浜ノ真砂」【譜例8】）と林広季（「元ハ早苗」【譜例9】）

の作曲の例を一例ずつ五線譜訳譜を作成して載せておいた（訳譜は豊本家所蔵の豊原喜秋写本〔上野学園日本音楽資料室所蔵紙焼写真本を使用〕に拠った）。なお歌詞は以下のとおりである。

浜ノ真砂（『古今集』読人不知）

わだつみの　浜の真砂を　数へつつ
君が千歳の　ありかずにせむ

元ハ早苗（『三草集』源定従作）

何ごとも　養ひてみよ　秋の田の
稲葉も元は　植えし早苗を

保育唱歌の再発見は、雅楽史研究家の平出久雄氏の「保育唱歌覚書」（『東亜音楽論叢』所収、山一書房、昭和一八年）にはじまり以後、伊吹山真帆子氏が「保育唱歌について」（『東洋音楽研究』

【譜例８】　浜ノ真砂

四四号所収、昭和五四年）を著している。本稿執筆にあたっても両論文を参考にさせていただいた。なお近年ではドイツ人の研究家H・ゴチェフスキー氏が精力的に保育唱歌に関する研究発表を行っている。

以上、「君が代」の旋律の背景について述べてきたが、いくらか難解で煩雑な内容になってしまった感があるので、最後に簡単にまとめておきたい。「君が代」の旋律の音楽理論上の背景となっている律旋法は、一千余年の宮廷音楽の伝統のなかで形作られてきたものである。そして律旋法の形成過程には、『徒然草』に「和国は単律の国にて…」と見えるように宮廷社会で

【譜例9】　元ハ早苗

培われた日本を感じさせる音感が多分に反映されている。しかし一方では「君が代」の旋律は伝統的な装飾法に束縛されていない。そこには、伝統を踏まえながらも新しい時代に応じて多くの人が容易に歌える旋律の創作を追求した明治期伶人の創意が反映されている。以上の二点を確認して筆を擱きたい。本稿が「君が代」を考える一助となれば幸いである。

明治期新作の「君が代」についての近著には、團伊玖磨著『私の日本音楽史』第五章〈五つの「君が代」〉(日本放送出版協会、一九九九年)や内藤孝敏著『三つの君が代』(中央公論社、一九九七年)などがある。

(平成十二年「和歌の披講」公演プログラムより一部加筆修正)

【大原重朝『披講案譜附作法』（大正５年）】

披講案譜

1. 甲調　君か代

發聲
附所
きみかよは－　ちよに　やちよ－－に－－
さされいしの－－－－－－　いは・ほと－－－
ちり－－て－－－－　さけのむ－す－ま－て

2. 乙調　君か代

發聲
附所
き・・－み・・・－かよ・・・－は　ち－－－よ・・・－に
やち－－よ－に・・・－　さされいし－－の－－
いはほと　ちりて－さ－けの　むすまて

3. 上甲調は甲調を五度上げて唱ふ

これは披講の譜を西洋の譜に直したものであります。然しこれは單に其の高低長短の大様を示した迄でありますから、師に就て習はなければ決して其の眞を得られないことを注意して置きます。

（郢曲會譯譜）

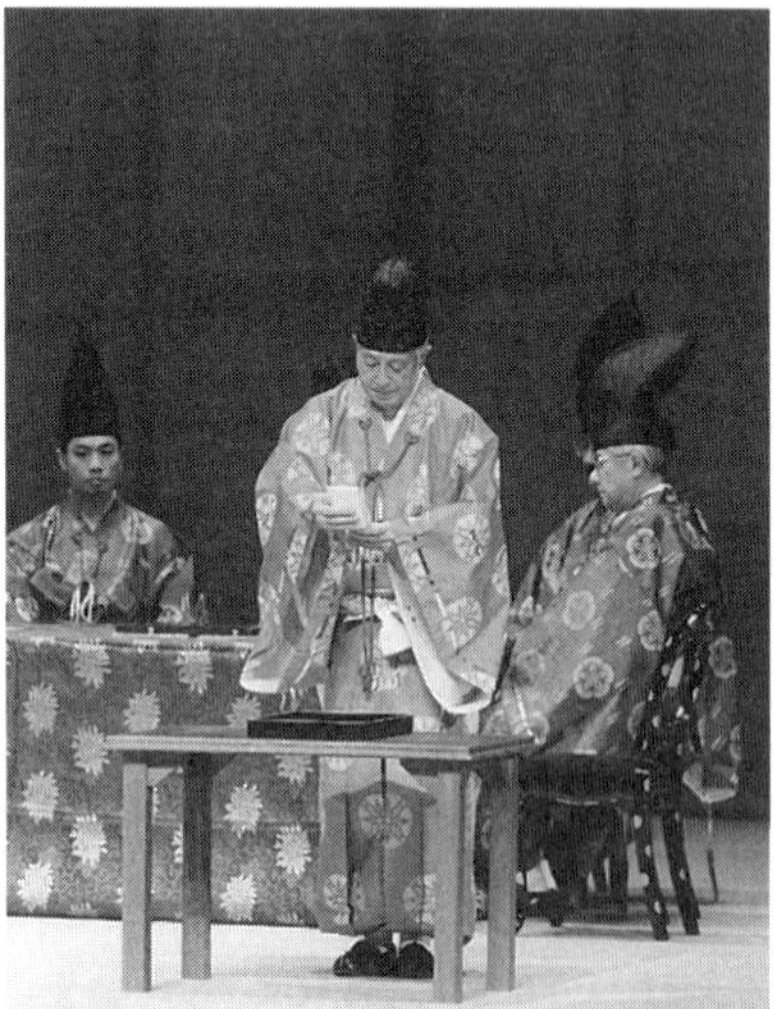

伝統文化鑑賞会「和歌の披講」より（平成14年）

八

披講会　坊城俊周会長にきく

ききて　青柳隆志・兼築信行・坂本清恵

青柳　『和歌を歌う』と題しまして、歌会始と披講に関するCDブックをつくるにあたり、ぜひ披講会の坊城俊周会長にお話を伺いたく、私と兼築信行さん（中世和歌文学）、坂本清恵さん（アクセント史）でインタビューをさせていただきます。どうぞよろしくお願い致します。さて、ちょうど、歌会始を終えられたばかりでございますが、まずはそのあたりから。

坊城　平成十七年の歌会始（お題「歩み」）は、一月十四日、皇居正殿松の間で滞りなく終了しました。川島裕《ゆたか》式部官長の合図で、読師《どくじ》の本多康忠さんが披講席に参進し所作が始まるのですが、本多さんはかつて掌典長をされたこともあり、非常に堂々と、スムーズに進行しました。読師の方がちょっとひっかかりますと、披講所役のほうも、多少うまくいかないことがあるのですが、今年は大変うまくいったように思います。

　また、今回詠進歌の応募が平成になって一番多かったと聞いております（二万八千七百八十五首）。佳作には小学三年生の人が入選され、年齢の高いなかには九十歳くらいの方も入っておられ、年齢的にも幅広く、よかったなという感じを持っております。

青柳　現在、披講会会長でいらっしゃる坊城様ですが、「披講会」という組織の成り立ちや構成についてお話しいただけましたらと存じます。

坊城　戦前は宮内庁に「御歌所《おうたどころ》」という職制があり、披講所役は寄人《よりうど》または参候《さんこう》として務めました。この御歌所が昭和二十一年に改廃され、その後変遷を経て、現在正式には「宮内庁式部職嘱託」として奉仕しております。声を出して和歌を披講する所役には講師《こうじ》・発声《はっせい》・講頌《こうしょう》、とありますが、その都度、披講会が配役をきめ宮内庁の方と御相談の上、毎年辞令が出ています。また、歌会始の進行を司る読師及び読師控も、宮内庁よりその都度任命されています。

　私が披講の練習に入りました昭和二十二年ころには、披講会の会長は、貴族院議員をなさっていた大原重明《しげあきら》さんでした。幕末、尊王攘夷派の公卿として、「鵺《ぬえ》卿」と渾名された大原重徳《しげとみ》さんのお孫さんに当たります。

青柳　披講会の定員は何名でしょうか。

坊城　十一名です。式部職の嘱託ということで現在十一名、披講会には十三名おります。というのは、以前にやっていた方が仕事の関係でまた始めるという場合もあり、人員も多少余裕を持っています。

●披講との出会い

青柳　さて、坊城様は昭和二十三年の歌会始がデビューと伺っております。五十年以上、歌会始にかかわってこられたわけですが、披講との最初の出会い、あるいはこの道にお入りになったきっかけというものをお話しいただければと思います。

坊城　私の母方の祖父が入江為守といいまして、皇太后大夫兼御歌所所長（三代目）をやっておりました。また歌会始の講師をいたしておりました（明治三十四年から大正三年まで五度奉仕）関係で時々祖父の牛込の家で練習があったことは存じておりました。また、父坊城俊良《としなが》が宮内庁の儀式の方の式部官を長らくやっておりました。明治天皇に、九歳のときから崩御まで侍従職出仕ということでお務めしていましたのでやはり「歌会始」のことは耳にしておりました。

　それで戦後になって、皇太后大夫として貞明皇后におつかえして、終戦直後「歌会始」の読師などで奉仕していました。当時私は、何となく人のやらないことをやってみようというアマノジャク的な気持があり、その時分全く誰もかえり見なかった和歌の披講というものをやってみようかなと思ったのです。そして父に、披講をやってみたいのだけれどと言いましたら、

「披講？」

と一瞬不審な顔をしました。

「はい披講というのは歌会の…」

「ああ、わかった」

という感じで、父は多分面白いことを言う奴だなと思いながら、大原さんに話をしたようです。それから一週間もたたないうちに早速練習に来いということになり、焼け野原の大久保の大原さんのお宅にうかがったのがきっかけです。そのころはまだ、学習院の学生で、時間も多少あったので、焼け跡のお宅に週に二、三度うかがって練習開始となりました。ご承知のように戦後何も食糧もないものですから、歌を歌いますと大変腹が減ったのを覚えています（笑）。

　練習は、「君が代」でした。まずお琴で音《ね》取《と》り

をして、あとはちょっと音叉《おんさ》を使われたかもしれませんが、数回目からすぐに、楽器に頼らず体で、声で覚えなさいということで、何べんも大原さんに従って「君が代」を繰り返し歌いました。それがある程度できると、今度は他の先輩方に交って、「君が代」以外の歌でお稽古をしました。つまり、すべて「君が代」の応用なのです。練習は、大原さんのお宅で一対一、それから当時霞会館は進駐軍に接収されていましたので、すぐそばにある尚友倶楽部の一室で先輩の方々と一緒に練習しました。それは戦前戦中の歌会始の御製、御歌、入選歌などでした。その頃夜は物騒だというので、昼

坊城俊周 氏

間集まりました。昭和二十二、三年ごろはそうした状況で、よく応仁の乱の頃を思い浮べました。そのうち早速、控《ひかえ》で出なさいということで、翌年、講頌控で歌会始に出ました。今の宮内庁三階の仮宮殿でした。翌年昭和二十四年、お題「朝雪」のとき父が読師をしたのを昨日のように覚えています。

青柳　大原さんには、講頌の節をお習いになったのでしょうか。教わるとき、譜面のようなものはございましたか。

坊城　私が習ったのは講頌の節です。今も同じ、甲調・乙調・上甲調の節廻しです。披講譜は、使いませんでした。披講の五線譜は、冷泉為臣《ためおみ》さんのものがありますね。

兼築　「冷泉流披講小考」ですね（→参考文献）

坊城　為臣さんも書かれていますが、五線譜にあらわしたものは、実際の披講の音程とはちょっと違います。大原さんからは自分が練習で身につけた声調が本物ですよと言われてきました。私もそう思います。

青柳　つまり、あくまでも口で繰り返し、体で覚えるという形なのですね。大原さんが歌われて、

そのあとに続くというような感じでしょうか。

坊城　ええ、ご自分で歌われたあと、やってみなさいと言われてやるわけです。

青柳　それで、ここはいいとか悪いとか。

坊城　ええ、すぐやめるといかんと思われたのか、だいぶおだてられました（笑）。私も調子にのって、相当にうまいんだろうということで自信が芽生えました。とにかく大原さんは、お上手でしたね。講頌・発声をなさるお家ですから。声帯が見事に遺伝された感じでした。

青柳　郢曲・音曲のお家ですよね。

坊城　宇多源氏、羽林家《うりんけ》で代々、神楽のお家でしょう。庭田さんのご同族ですね。それから、数代前に綾小路さんからご養子に入られていますね。

青柳　いわば、堂上音楽貴族の勢揃いですね。

坊城　庭田（重行）さんも時々発声をされました。非常にお上手でしたね。音程が定まっていたように思います。声の質がよろしかった記憶があります。後に披講会会長になられた綾小路（護）さんも講頌をおつとめでした。

青柳　今は、これらの方々のご子孫というのは、どうしていらっしゃるのですか。

坊城　大原さんの所は、おられないんです。綾小路さんの所はご子孫がたくさんおられますけれど、現在披講はされておりません。やりたい、というお話を聞いたことがありますが、年齢的に四十代でしたので一寸むずかしいということでされませんでした。練習はなるべく若いうちに始めた方が良いと思います。歌舞伎なんかも、そう言われていますね。

青柳　六歳の六月六日というような（笑）。六歳ではちょっと歌は難しいかもしれませんが。

坊城　いや、それで声変わりしたら一時やめればいいんですからね。はじめに調子を覚えればいいわけでしょう。人の育成は長いことかかります。

青柳　大原重明さんというのはどんな方でいらっしゃいましたか。

坊城　大変気のつく面白い方でしたね。私が練習に伺った時は歯が全部なかったですね。

青柳　そうなのですか（笑）。

坊城　それで、いつもは和服を着ておられました。ただ、貴族院議員で御歌所の参候でもいらっしゃったので、いつ何時お召しがあっても、フロックコートは持っていらして、これだけは防空壕に入れていつでも参内できるようになっているんだ、ということをうかがったことがありますね。だから、歌会始の時もかなり旧式なフロックコートを着て出ていらっしゃいました。

青柳　ちょうど戦後のころは、まだフロックコートでの披講でしたですね。

坊城　全部フロックコートでしたね。

青柳　今はモーニングですが。

坊城　そうです。当時はモーニングとフロックコートが混在して、それでは格好がつかないので次第にモーニングに統一されてゆきました。昭和三十年代になってからでしょうか。

青柳　さて、昭和二十三年の歌会始（お題「春山」）には講頌控でお出になったわけですね。では実際に当役としてお出になったのは、だいぶ後になってからでしょうか。

坊城　いや、あくる年講頌としておつとめしました。昭和二十四年は先程も申しましたように、たまたま父俊良が読師をつとめておりました。父は極く自然にやっているな、と思いました。世間ではよく、父親の後ろ姿を見てうんぬん、と言いますけれど（笑）、そんな感じでした。

青柳　初めて、実際に披講された時のことは覚えていらっしゃますか。

坊城　よく覚えていますよ。当時の皇太后（貞明皇后）さんが、歌会始の当日生卵を下さいました。

青柳　声がよくなるという……。

坊城　そう、声がまろやかになるから。それで隣の部屋で茶碗に割っていただきました。

青柳　まだ、卵が貴重な時期ですよね。

坊城　大変貴重でした。殻に何月何日の卵という字が書いてありました。皇太后さんは、大変に披講に関心がおありで、旧摂家の九条家のご息女でしたので、歌会や披講についてもよく御存知だったようです。御先祖は少なくとも数百年間、歌会は日常のことだったのでしょう。

青柳　その後は、もうずっと講頌でほぼ毎年お出になっておられたのですね。

坊城　そうです、そのうちに、「発声をやりなさい」と言われ、発声をいたしました。

青柳　記録では、昭和三十四年からですね。

坊城　十年位講頌をつとめ、当時杉渓（陽言）さんと交代でやっておりました。交代でやるのはいいみたいですね。

●声の修練

青柳　それでは、今度は声のことをお伺いしようと思います。披講に携わる方は日頃声についてご注意なさっているかと存じますが、普段の練習、あるいは合同での稽古などについて教えていただければと存じます。

坊城　現在、披講会はひと月に一ぺん霞会館に集まっております。ただ、一年を通じてでは、例えば明治神宮や熊野本宮大社の献詠披講式、また歌会始は年内に二回、年明けて一回は練習しますから、かなりの量になります。

　それと国立劇場での「和歌の披講」ではいろいろ新しい歌も出てまいりますし、二、三回練習はいたします。また、夏季には錬成会もやります。やはり練習は数多くした方がうまくなりますね。特に、お若い方は。

青柳隆志 氏

青柳　お一人お一人の日常の練習はどうしておられるのでしょうか。

坊城　それぞれ自主的にやっていただきますが、毎朝、声を出した方がいいんじゃないですか。あるいはお風呂場などで。エコーがつきますから良い声が出ると自信になります。やはり練習が第一と思います。

青柳　声や体調の管理も大事でございましょうね。歌会始の前には風邪もひけませんですよね。

坊城　体調の管理は第一で、本人は勿論家族の方々の協力が絶対だと思います。それから、僕なんかは、お茶はやめた方がいいと言われました。ですから、白湯ですね。歌会始の習礼《しゅうらい》のときは宮中でお茶を出してくださるのですが、白湯をいただくようにしています。

青柳　坊城会長のご著書『歌文集　立春大吉』

（→参考文献）にあるエピソードで、披講所役の方は他の歌いもの、例えば謡曲などを習っていると披講に影響が出るというので避けるということがあるようですが。

坊城　大原さんに披講をお習いする以前、山本東次郎さんに杉並の能楽堂で狂言を習っていたんです。狂言には小謡がつきますでしょう。大原さんはそれをどこからお聞きになったのか、あるいは僕の調子に何となく謡の調子があったのか、謡いものは当初はやめた方がいいということを言われました。それでやめました。

例えば、ある神社などでは神職の方が披講をされるのですが、以前大原さんにお習いしたけれども少し調子が変ったので見てほしいということで教えに行きますと、神職さんはやはり祝詞調の方々が時々おられます。また、謡をなさる方は、いわゆる「ツク」というところが強かったりします。大原さんがおっしゃったのも、そういう意味だったかと判るようになりました。

坂本　やはり歌だけではなくて楽器も、尺八とか笛とかやっていると歌うときに癖が出るというふうに申しますね。

坊城　その辺は良く判りませんが、先程の「ツク」ということは、講頌の場合は、ここでツク、ここでおろす、という形で講頌が声を揃える目安にもなります。これは字余りの場合など有効に作用します。

例えば、ここで切る、というのも、あらかじめ決めてあります。逆に、ここは切らずにとんとんと行ってしまったほうがいいとか、そういう場合もあります。ただ、あまり長く言葉が続く場合には、息が続きませんので、「ぬすみ切り」という禁じ手又は奥の手を使うこともあります。その方法も習いましたよ。そういう心得もおぼえておきなさいと。

青柳　なるほど。全員が止まってしまうと……

坊城　どういう歌だか意味がわからなくなる(笑)。これが一番いけない。

それから、声のことですが、高円宮さんがお亡くなりになった時に『読売新聞』に一寸書いたことですが、以前宮さんから、「披講のときに、西洋のオペラ歌手が、口蓋に響かせることをなさってますか」というご質問があったのです。「ございます」と申し上げましたら「ああ、そうでしょうね、あの方法は反響するからいいのでしょうね」とおっしゃった。これはかなり核心をついたご指摘でした。ほかの謡いものはわかりませんが、披講では、この口蓋にひびかせると声がやわらかく美しく聞える。最初から大声を出すのはいかんということをよく言われました。

青柳　西洋音楽でいうところの「ビブラート」はかけるのですか。

坊城　それに準ずるかわかりませんが、「巻く」という歌い方がありますね。いわゆるこぶしをきかせる、というのと一寸違う「巻く」ように歌うことにより、柔らかみが出ます。

●歌会始の習礼と打ち合わせ

青柳　次に、歌会始の習礼のことを伺おうと存じます。いわゆる総練習ですね。

坊城　習礼は、歌会始の前日に、当日の歌会始そのままの形で行われるリハーサルです。われわれ披講所役はまず、皇居正殿松の間の控室「千鳥の間」に集まります。ここで、仮の披講席を作って、懐紙の順番をしっかり確認しながら、小声で披講しつつ一首ずつ声調を整えて参ります。この部屋には上村松篁さんの描かれた扇面散らしの屛風がありますが、故徳川義寛《よしひろ》侍従長のお話では「日本三鳴鳥」（駒鳥・鶯・大瑠璃）が描かれています。披講とさえずる鳥とが呼応しあう、まさに格好の場所で声を合わせます。

　そして時間になると「千鳥の間」をあとにして、松の間で当日と同じように宮内庁の方々が入って習礼を始めから終わりまでやります。ただし、天皇陛下と皇后陛下のお懐紙だけは、「御字不違《おじたがわず》」といって、ご自筆の懐紙を薄い白いハトロン紙に透き写したものを下さいます。皇后陛下のものは、散らし書きのものを二行書きにしてあります。

青柳　披講される歌は、所役の方々はみな覚えていらっしゃるのですか。

坊城　講師は、全部覚えていますね。発声、講頌は全部は覚えません。覚えるとかえって間違えることがありますから。

兼築　覚えないんですか。

青柳　それはちょっと驚きました。

坊城　歌の意味はだいたいはわかっていますよ。

青柳　ただ、先ほどもお話に出ましたように、切

兼築信行 氏

る所とか、ここはつなげてと読むとか、細かい部分もありますよね。そうした細かい取り決めは、どなたがなさるのですか。

坊城　だいたい、発声が中心となって当役の講頌や先輩と相談しながらきめています。

兼築　長音とか音便のようなものが入ってくる歌だと難しいでしょうね。例えば今年の歌会始でも、紀宮さまのお歌の「重ね給ふ」は「タマウ」なのか「タモー」なのかというような。

坊城　それも相談して決めています。ばらばらなのは聞いていて不快ですから。今年（平成十七年）の場合は「タモー」にしました。「マ」と「モ」とが合唱で混在するのは一番みっともないですからね。なお発声・講頌は講師の読み上げ通り歌うことが昔からのルールとなっています。

青柳　歌の中に横文字、カタカナ、字余りがあるような場合、披講の流れに影響があろうかと存じますが、その点はいかがでございましょうか。

坊城　何でも歌います。歌えないというのは、歌いにくいというだけの話で、歌えないことはありません。

兼築　選者の方は、その辺は必ずしも意識して選んではくださらないのでしょうね。

坊城　多少は意識していただきたいと思うのですが（笑）。しかし歌を選ばれる選者会議のときに最後二回程、披講されると聞いています。これは披講会の担当ではなく、書記役の、現在は市野千鶴子さん（宮内庁書陵部）がなさっておられるようです。歌を耳から確かめられるということで、大変結構なことと思っています。

歌会始の歌というものは、新聞や活字媒体は文字を出して伝えるわけですが、実際に発表するのはあくまで披講によってなんです（テレビ生中継）。ですから声で発表するのが正式で一番早い伝達で、私はそこに大きな意味があるように思っています。それだけに、我々披講所役はそうした面からも非常に重要な役目だと考えています。

兼築　陪聴で拝聴するのが一番正当な形であるということですね。

坊城　情報の伝達としては一番早い。その場で実際にライブで聞くのだから、そういうことになるのでしょうね。

青柳　ライブで聞いているだけでは、よくわからない歌というのもあるようですが。

坊城　練習会のときは、まずこの歌はどういう意味だというところから始まるのです。意味がわからないと、読み上げ、節づけてもわからない。お聞きになる方は、なおわからない（笑）。

青柳　これは作者などから説明があるのですか。

坊城　特に我々にはありません。

青柳　選者が説明してくれるのですか。

坊城　ありません。ですから、作者や歌の背景については本番まで十分にはわかりません。言葉の意味が全然わからない場合は、伺いますけれどね。これはどういう意味ですかとか。

青柳　これは存じませんでした。

坊城　それと、耳で聞いて判らない歌は、ダメですね。選歌は私の守備範囲ではありませんから。しかし関連は大いにあります。

●読師のこと

青柳　それでは次に、披講所役の方々についてお伺いいたします。まずは読師ですが、このお役は毎年変わられるわけですね。どのように選ばれますのでしょうか。

坊城　読師は、明治の頃はやはり五摂家とか大大名とか、そういう方が多かったですが、戦後は宮内庁の方と霞会館とでいろいろお話しして決まって参りました。侍従長の徳川義寛氏や入江相政《すけまさ》氏などと、霞会館の役員とご相談もあったようです。

青柳　読師に内定されると、前の年の歌会始に読師控ということで、松の間で一度ご覧になるんですよね。そのあと練習というのは、例えばどんなふうになさるのでしょうか。

坊城　先ほど申したように、前の年の年末に二回、年明けて一回の稽古があり、松の間での、披講席や玉座までの距離など、寸法は全部わかっておりますので、霞会館の大部屋で、ここからここまで何歩、戻って何歩というところまで練習はできます。

青柳　あとは、習礼のビデオとか、坊城会長がいろいろお調べになって最近おまとめになった「宮中歌会始読師及び所役の所作」（→参考文献）がたいへん参考になりますね。

　読師の方は、原則として生涯一回限りですから、非常に緊張なさるのではないでしょうか。

坊城　そうですね、一回限りですからね。ただ、読師控のときにお亡くなりになる方も少なくないので、その場合には、一度も歌会始の現場をごらんにならないで本番ということもあるわけです。また、御代始《みよはじめ》の歌会始の場合は、読師と御製読師の二人になるので、これも大変ですね。その時は前に読師をなさった練達の方がやられることもありました。

青柳　読師は全く無言で歌会始を進行し、その間余計な所作が全くない。実に洗練されたものであると思いますが、やはり長い年月をかけて非合理なところは全部除かれてああいうふうな形になったのでしょうか。

坊城　そうでしょうね。極めて合理的だと僕は思いますね。けじめをつけるところは、けじめをつける。所作にはけじめが必要なのでしょう。それでいて自然であることが良いとされています。「流れ」が大事です。

青柳　この読師というのは、「摂籙《せつろく》の臣」つまり摂政・関白クラスの、しかも八代集を全部暗記しているといった歌の知識を持つ人が任ぜられたといいますね。

坊城　江戸時代以前はね。それで、「歌会・歌会始・和歌披講の歴史」（→参考文献）に詳しく書きましたが、江戸時代の光格天皇の内々の歌会の際、天皇の御製の初句に「駕の」とあって、講師が何と読むかわからないので、読師に「初句いかに」と聞いた。こういう場合は読師に聞いていいんですね。すると読師のほうも考えたが「のりものの」と教示しました。それで歌会が終って読師が光格天皇にあれでよろしいのですかと言ったら、あれでいいとおっしゃった。これは所役に試されたのでしょうね。読師は、「内々の歌会ではともかく、晴れの時では難しい字はご遠慮願いたい」と申し出たと、これは大原重徳さんの話として重

明さんから伺いました。のちに「御字不違《おじたがわず》」がで
きたのも、あるいはこうしたことが契機なのかも
知れないですね。

●講師のこと

青柳　次に、講師のことを伺います。現在、歌会始では、坊城会長のご長男の坊城俊成《としなる》さんと、近衛忠大《ただひろ》さんが務めておられます。

講師は、一定の高さの音で一句一句区切りながら、歌を読み上げてゆくわけですが、この音の高さは決まっているのでしょうか。

坊城　発声・講頌の甲調、乙調、上甲調の音程というのは、だいたい決まっています。しかし、講師はどんな高さでも構わないんですね。

青柳　そうなんですか。

坊城　ええ、ただ全部そろえなくてはいけない。二十首読み上げるなら二十首、頭を全部同じ音で出る、でこぼこになってはいけない、と言われます。だから高音で出てしまったら、もうそれで最後までやらなくてはならないということになります。

青柳　また、句と句のあいだの息継ぎも、非常に独特ですね。

坊城　三息とか四息とか言いますね。ただ、これは人によると思います。それぞれで良いと思います。

青柳　俊成さん、近衛さんのお二人は、どなたに教わったのでしょうか。

坊城　講師は以前、私の兄、坊城俊民《としたみ》がやっておりました。それで、俊成は伯父の俊民と二人きりで一対一で練習をしていました。中学生のころ、隣に家があったので、良くやっていました。

青柳　お兄様が講師の勉強を始められたのは、昭和二十二年ごろ、正式に講師となったのは、昭和二十八年だそうですね。どなたから習われたのでしょうか。

坊城　大原重明さんです。あの方は講師も講頌も両方されましたからね。近衛さんは俊成から一対一でお教えしました。講頌の方では、先ほど申したように、私も最初は一対一で習いましたが、やがて皆で合わせるようになりますので。

坂本　あの、講師の方が、端作りを読まれる際に、「よめる」（高平平）というところだけ、現代の東

京アクセントとは異なっておりますが、これはどのような由来があるのでしょうか。

坊城　元来、講師は冷泉流といわれてます。冷泉さんばかりじゃなくて、うちの先祖の坊城俊広、俊将なども江戸時代に講師を何べんかおつとめしました。もちろん京都のアクセントだったのだろうと思います。

兼築　冷泉家では現代の京都アクセントを用いています。披講会の「よめる」は古い京都のアクセントですが、「うた」が東京アクセントですね。

坊城　兄の俊民が、「よめる」というのをちょっと京都風を残そうじゃないか、と言っていましたね。少し、京都をにじませておこうと。あるいは叔父の入江（相政）侍従長あたりと共謀したのかも知れません（笑）。

坂本清恵 氏

兼築　一番目立つというか、面白いところですね。

坊城　まるっきり京都アクセントにはしない。ちょっと匂わせようという、これは兄の一種独特なスタイルなんですけれど、面白いなということで、続いているのでしょう。ですから息子の方にも伝わったし、近衛さんにも伝わっていますね。

青柳　やはり、都の文化の流れというような感じがありますね。

　ところで、講師の方は、講頌はなさらないのでしょうか。

坊城　しません。本当は講頌も講師をしてはならないのです。本来、別のものですから。たとえ節を知っていたとしても、自分では歌わないものです。「一人講師」の時に講頌がするのも、本来はいけないので、「一人講頌」などは昔から存在しません。

青柳　なるほど、わかりました。

●発声と講頌のこと

青柳　それでは次に講頌のほうのお役で、発声について伺います。現在は園池公毅《そのいけきんたけ》さんがお務めですが、坊城会長やご次男の坊城俊在《としあり》さんもなさいます。

　発声は講師に引き続いて一人で初句を歌いますが、この所役は最初から決まっておりますのでしょうか。それとも講頌の中で持ち回りのような形でおやりになるのでしょうか。

坊城　本当は持ち回りで、二人くらいでやった方がいいんでしょうね。ただ初句から歌って、しかも最後まで皆をリードしながら全部歌うことになりますから、やはり力のある先達がやることになりますね。

青柳　坊城会長が初めて発声をされたのが昭和三十四年で、デビューから十年ほど講頌をお務めになってからという形ですが、やはりある程度修練をなさってからという感じになるのでしょうか。

坊城　そうでしょうね。先輩が「やらせてみろ」なんていうことだと思います。私の発声を聞かれた陪聴の作家の平林たい子さんから、えらいほめられたと聞いています。叔父の侍従長から聞いた話ですけれど（笑）。

青柳　発声の方は、一首を全部お歌いになるのですけれども、天皇陛下の御製と皇后陛下の御歌は、繰り返しがありますね。そこで、講頌の方が歌っている終わりの声に重ねて、発声がふたたび初句を歌い出す。実に優雅な瞬間ですが、これはどのあたりでクロスすることになっているのですか。

坊城　早くクロスする人とそうでない人があります。だいたいは最後の三文字といわれていますけれど、僕などは、早くクロスする傾向があります。歌によって多少違うのでしょうけれどね。わりと深くゆっくりクロスした方がきれいなように思いますね。カノン風といいますか、誠にいいものですよ、これがうまくいった時は発声冥利に尽きます。乙調で二反《ふたかえし》、上甲調・甲調で三反《みかえし》でも微妙に違います。

青柳　講頌《こうしょう》の方は、歌会始では四人でいらっしゃいますが、これは、どのように選ばれますのでしょうか。

坊城　これは毎年決めるんです。この方とこの方、という風に。なるべく当役の機会は多くした方がいいものですから。やはり場慣れが必要なんですね。いろいろ考えて決めます。

青柳　また、当日所役をなさらない方は歌会始の式場に控えておられますね。当役の皆さんの後ろの、二列目のところに、講師控・講頌控・読師控の順に並びますね。いちおう、いつでも出られるという前提なのでしょうか。

坊城　今まではありませんでしたけれども、もし当役の誰かが途中で倒れたりすると、代わらないといけないわけです。読師控の方でもやはり同様です。当役の発声の場合は、脇発声がやります。脇発声というのは、読師の隣にいる講頌のことで、講頌の中ではいちばん上席になります。発声に何か事故があったときは、すぐ代わらなければなりません。そうした例はありませんけれども。

青柳　披講会には現在、若い方々もおられますが、こうした方はどのような基準で、例えばスカウトのような形で選ばれるのでしょうか

坊城　長続きしないといけませんからね。まずお目にかかって、お人柄とか、基本的にはやはり声のいい人ですね。

青柳　披講会には、俊成さんと俊在さんのご子息お二人がおられますが、俊在さんは講頌ですから直接お教えになったわけでしょうか。

坊城　若いころから披講の節など自然に耳に入っていたみたいでスッと入ったようです。ですから、あまり教えなかったですね。ポイント、ポイントしか。

青柳　お家では、ご一家で練習を。

坊城　ほとんどいたしません。笑い出すといけませんから（笑）。

青柳　練習を始めてから、実際に歌会始に出るまで、どれくらいの期間を要するのでしょうか。

坊城　正式の定員の中に入ってしまえば、なるべく早い機会をつくるようにしています。しかしかなり練習してからの方がいいと思います。まず神社などの披講式などを経験させていただいたりして。座礼から立礼という歴史を踏むのも大事でしょう。

青柳　やはり、一定のレベルというのはあるわけですね。

坊城　そうですね。そこに達するまでに、やはり、最低五年はやらなければならない。

青柳　五年ですか。その間、控でお出になったり、ほかの所へ出たりして経験を積むということですね。

例えば、初めてなさる方に、心得のようなことをおっしゃることはあるのでしょうか。

坊城　私が大原さんに習ったときに、あまり首を動かしてはいけないと言われました。何でですかと伺ったら、首を上下するのは昔、冠の纓《えい》が震えるのはみっともなかったというわけです。それから、自己陶酔がよくないといいます。その歌にあまりはまってしまうのはよくない。よその方に聞いていただくわけですから、自分から陶酔しては良くないし、歌に感銘を受けるのはいいとしても、感極まって泣いたりとか。力んでやっても、かえって歌のよさは伝わらないということですね。披講はもっと客観的でなければならない。あくまで仲介役なのですから。歌を聞く方がどう感銘を受けるかは別のことですね。

ちなみに、披講のときの作法については、大原重明さんが『歌會の作法』（→参考文献）という本を作られています。

●披講の調子のこと

青柳　では、次に披講の調子について伺います。甲調・乙調・上甲調でございますけれども、歌会始のように多くの歌を披講する場合、どのような順番で配置なさるのでしょうか。

坊城　甲調ではじめます。そして皇太子さまの歌は甲調でおさめる。重ねて二つ折りにした懐紙のいちばん内側にあるのが皇太子さまの御歌です。

青柳　甲で始まり、甲で終わるという……。

坊城　そうです。ただ、全体が何首あるかで、甲調を何首、乙調を何首、上甲調を何首ということを決めます。それは当役の発声及び講頌で決めます。

青柳　今年の歌会始では最初に甲調が六首、乙調が同じく六首、上甲調が二首、甲調が一首と、だいたいそんな感じでございますか。

坊城　その通りです。たとえばこのCDの「春の歌七首」のような場合には、それをどうやるかというのは相談します。

青柳　甲調について伺います。初めの音の高さというのは、決まりがあるのでしょうか。

坊城　はい、決めておきます。双調《そうぢょう》（洋楽のG）ということになっています。上甲調は壱越《いちこつ》（洋楽のD）ですね。

青柳　第二句や第四句などに、息の切れ目を入れる所がありますが、場合によっては切らずに続けるような場合もあるようです。これには何か約束ごとがございますか。

坊城　約束ごとというのは特にないんです。自然の流れのなか、意味がわかるように。

青柳　甲調は、だんだん音が下がっていって、いちばん最後の音が大変に低くなりますね。

坊城　以前は、もっと低かったような気がします。かすれて聞こえないような。今は全体に、あるいは出だしが少し高いと思います。というのは、松の間の天井が高いこと、人が入ると音が吸われてしまいます。ですから、宮内庁の三階（仮宮殿）の時（昭和四十四年まで）より少し高くなっているような気がします。

青柳　乙調でございますが、こちらの初めの音の高さは、決まりがありましょうか。

坊城　甲調よりもちょっと高いですね。

披講はあくまで、声だけでやります。ですから音叉とか琴・琵琶とか五線譜とかを用いません。園池さんは音叉を使われるけれど、みんなが聞こえるようにやりませんね、ちょっと自分で確かめるだけです。

青柳　絶対的な音階によるのではなく、あくまで声を主体にした相対的なものなのですね。

坊城　ア・カペラですから（笑）。

青柳　楽器があるわけじゃない。

坊城　「伴奏のないのが披講だ」ということです。

坂本　個性的な声の出し方をする方によっては、ずいぶん差が出ることがあるのでしょうか。

坊城　それはあまりありません。ただ、講師と同じように、甲調はいつも同じ音で出てくれなければならないんですが、ちょっと低いとだんだんと低くなっていく。そうすると、次にちょっと高くして取り戻そうとするんです。

青柳　なるほど。ただ、人間のやることだから、というところは多少はあるのですね。

坊城　そうですね。

青柳　甲調と乙調の違いというのは、歌うときの気分としては、どんな感じなのでしょうか。

坊城　乙調になりますと、甲調がやっと終わったなという感じがしますね。乙調は少し華やかになる感じじゃないでしょうか。それと、乙調は全体に多少時間が短いと思います。読師は、講頌の下の句の朗唱に入ったときに次の人の懐紙をめくるわけですが、乙調の場合、懐紙をめくるタイミングが少し早まる感じです。

青柳　上甲調はいかがでしょうか。

坊城　上甲調は、はずれたら目立ちますね。高い音だから、怖いですね。ですから、本当は上甲調で練習するといいんですよ。

青柳　歌会始では、皇族代表と皇太子妃殿下、そして天皇陛下の御製に上甲調がありますね。御製の場合には上甲調・上甲調・甲調と三反《みかえし》披講されますが（昭和三十五年から）。

坊城　甲と上甲は高いか低いかの違いで、調べは同じです、そんなに難しくはないですね。江戸時代、明治のはじめには、御製は七反（甲・甲・乙・乙・上甲・上甲・甲）でした。綾小路有長さんの建言で五反になりました。この方は幕末から明治にかけて披講の名人と云われ、八十九歳で発声をしたという方です。大したものだと思いますね。

●懐紙について、ほか

兼築　では次に、懐紙についてお伺いいたします。預選歌のお懐紙は、大高檀紙に書くわけですね。

坊城　料紙は特注と聞いています。

兼築　陛下をはじめ皇族の方々の場合はご自身でお書きになると承りましたけれども。

坊城　ご自身です。陛下は檀紙、皇后陛下や女子の皇族の方は鳥の子の色ちがいの二枚重ねで散らし書きになさっています。

兼築　天皇陛下のお懐紙の場合は、お名前はもちろん書かれないですよね。

坊城　はい。三字だけ書かれていますね。「詠題／歌」というふうに。

兼築　披講の際の懐紙の置き方には、どのような決まり事がございますでしょうか。

坊城　皇后陛下のお歌までは、陛下に差し上げるので、講師から見て逆になります。全部さかさまから読みあげます。おおみうたで講師ははじめて普通に読めることになります。講師はいつもさかさまから見ているわけですから、先ほど申したように、歌は暗記することが必要になるのです。

青柳　宮中では、歌会始のほかに月次《つきなみ》の歌会や、ご誕辰の歌会、または亡くなられた皇族を偲ぶ歌会など各種の歌会がありますが、それぞれどのような形で行われますのでしょうか。

坊城　月次の歌会は、披講はございません。短冊で詠進します。一月から十二月まで、例えば、今年一月は「願い」というお題でした。十二か月と皇后陛下のお誕生日と天皇陛下のお誕生日と、それから文化の日と、全部で十五、月次のお題が年初に出るわけです。

次に、偲ぶ歌会の場合は、講師が読み上げますとき、普段は語尾を張ってはねあがる感じになるところ、そこで息を飲み込むように披講します。僕は習ったことはありませんが、実際に俊成は伯父俊民から習ったと言っております。昭和天皇を偲ぶ歌会のとき所役は、四、五人でした。

青柳　披講会の皆様は、各地の神社やお寺の曲水《ごく(又はきょく)すい》宴《のえん》の催しなどで、披講や披講のご指導をなさったりしておられますが、具体的にはどのような場所でなさっておられるのでしょうか。

坊城　披講会が所役として参加するのは、①鹿島の島津さんの磯庭園の曲水宴（三〜四月、鹿児島）、②生田神社の曲水宴（四月、兵庫）、③毛越寺の曲水宴（五月、岩手）、④熊野本宮大社の献詠披講式（十月、和歌山）⑤明治神宮の献詠披講式（十月、東京）、の五つです。あとは、神職の方の披講の御指導が、靖国神社（東京）、鶴岡八幡宮（神奈川）などです。

島津さんのは、江戸中期の曲水のあとを復元され、歌人は武家装束、披講者は衣冠です。お芝居の「箙《えびら》の梅」で有名な生田神社は、生田の森に井戸を掘って曲水を作られました。装束は衣冠、一人講師の短冊披講です。毛越寺の曲水はいちばん規模が大きくて、藤原三代の頃の、『作庭記』そのままの立派な曲水です。装束は衣冠、一人講師、短冊披講。来年で二十回目になります。

熊野本宮大社と明治神宮の献詠披講式は、読師・講師・発声・講頌の所役がすべて浄衣、神前で行います。

青柳　いろいろと伺ってまいりましたが、いちばん最後に、歌会始のこれからにつきまして、坊城会長の抱負やご存念がございましたら、お話しいただければと思います。

坊城　皆一番良い状況で奉仕できればと思います。それだけでございます。それにむけて精進を重ねなければいけないと存じています。知らず知らずのうちに十年、二十年そして百年と世代を超えて伝統はバトンタッチされて行くものと確信しています。

青柳　貴重なお話を伺わせて頂き、ありがとうございました。歌会始ならびに披講会の今後ますますのご発展を、心よりお祈り申し上げます。

兼築・坂本　ありがとうございました。

（平成十七年一月二十八日、於㈳霞会館）

歌会に用いられる道具

文台　和歌や連歌の会で短冊や懐紙を置く台。室町時代以降に広まり、長方形の板の両側に筆返しがあり、刳型の低い脚のついたもの。木地を活かしたものや、蒔絵・螺鈿が施された風雅なものもある。

硯蓋　平安〜鎌倉時代には「文台」といえば硯箱の蓋を利用した硯蓋が主に用いられた。御製の懐紙を載せる場合は、硯蓋の下に高坏を置いたという(『袋草子』)。現代の歌会始では「浅硯蓋」が用いられ、読師が披講に先立って初めに裏返し、最後にもとに戻す作法がある。

懐紙　平安時代以降、詩会や歌会の際は、自作を懐紙に書いて持参するならわしであった。男性と女性の懐紙では書法に違いがあり、男性の場合は三十一文字を、九・十・九・三文字に分けて書く(最後の三文字は万葉仮名)、女性は散らし書きなど、さまざまな作法がある。歌会始では、預選者等は大高檀紙、皇族の女性は鳥の子紙の二枚重ね懐紙、天皇陛下は「檀紙」を用いる。

短冊　和歌を書くための細長い料紙。「一人講師」のような歌会の披講の際に用いられる。貞明皇后を偲ぶ歌会は、短冊披講で行なわれた。

円座　わろうだ、と読む。菅や真菰などを円形に編んだ敷物。読師や講師の座席として用いられた。

文台

和歌の披講・歌会始に関する参考文献（敬称略）

大原重朝　『披講案譜附作法』（非売品、大5）

田邉尚雄　『日本音樂講話』（岩波書店、大8）

吉井良亮　『歌御會始拝観私言』（非売品、大14）

大原重明　『歌會の作法』（私家版、大15）

美木行雄　『短歌朗吟の研究』（歌謡社、昭9）

恒川平一　『御歌所の研究』（還暦出版記念會、昭14）

冷泉爲臣　「冷泉流披講小考」（『田邉先生還暦記念　東亞音樂論叢』山一書房、昭18）

坊城俊民　『ふるさとの青春　王朝文学管見』（表現社、昭35）

西宮一民　『新年御歌會始歌集』（住吉大社社務所、昭38・昭46増補）

浅野健二　『短歌朗詠の歴史と実際』（短歌新聞社、昭50）

入江相政　『宮中歳時記』（TBSブリタニカ、昭54）

坊城俊民　『歌會始』（五月書房、昭54）

入江相政・木俣修・坊城俊民　『宮中新年歌会始―ご詠進の手引き―』（実業之日本社、昭54）

菊葉文化協会　『宮中歌会始』（毎日新聞社、平7）

坊城俊周　『歌文集　立春大吉』（独歩書林、平8）

青柳隆志　『日本朗詠史　研究篇』（笠間書院、平11）

坊城俊周　「歌会・歌会始・和歌披講の歴史」（『学習院大学史料館紀要』第一二号、平15）

坊城俊周　「宮中歌会始・読師及び諸役の所作」（『学習院大学史料館紀要』第一三号、平17）

「歌　会　始」開　催　一　覧

弘化５年（1848）〜平成17年（2005）

坊城俊周編

開催年月日	お　題	所　役
弘化５年 ２月18日 （1848）	鶯有慶音 「御代始」	御製讀師　鷹司政通 御製講師　飛鳥井雅久 讀師　三條實萬 講師　柳原光愛 發聲　持明院基延
嘉永２年 正月24日 （1849）	禁中祝	讀師　久我建通 講師　葉室長順 發聲　綾小路有長
嘉永３年 正月24日 （1850）	毎春翫松梅	讀師　廣橋言成 講師　葉室長順 發聲　持明院基政
嘉永４年 ２月11日 （1851）	春雪散風	讀師　徳大寺公純 講師　庭田重胤 發聲　飛鳥井雅久
嘉永５年 正月18日 （1852）	春來日暖 （９月22日明治天皇御誕辰）	讀師　中山忠能 講師　藤谷爲兄 發聲　冷泉爲理
嘉永６年 正月24日 （1853）	松契春	讀師　橋本實久 講師　柳原光愛 發聲　綾小路有長
嘉永７年 正月18日 安政元年 （1854）	春山成興 （４月６日皇居炎上）	讀師　鷲尾隆純 講師　廣橋胤保 発聲　綾小路有長
安政２年 正月18日 （1855）	陽春布德	讀師　廣幡基豊 講師　中御門經之 發聲　庭田重胤
安政３年 正月24日 （1856）	天晴有鶴聲	御製讀師　近衛忠煕 御製講師　日野資宗 讀師　三條實萬 講師　柳原光愛 發聲　綾小路有長

安政4年 2月24日 (1857)	迎春祝代	讀師　廣橋光成 講師　清閑寺豊房 発聲　持明院基政
安政5年 正月18日 (1858)	綠竹辦春	讀師　久我建通 講師　萬里小路博房 發聲　綾小路有長
安政6年 正月24日 (1859)	春風春水一時來	讀師　烏丸光政 講師　甘露寺勝長 發聲　飛鳥井雅典
安政7年 正月24日 萬延元年 (1860)	心靜酌春酒	讀師　正親町實德 講師　中御門經之 發聲　冷泉爲理
萬延2年 正月24日 文久元年 (1861)	萬物感陽和	讀師　久我建通 講師　飛鳥井雅望 發聲　持明院基政
文久2年 正月18日 (1862)	風光日日新	讀師　嵯峨實愛 講師　清閑寺豊房 發聲　綾小路有長
文久3年 正月24日 (1863)	新鶯竹裏啼	讀師　坊城俊克 講師　坊城俊政 發聲　綾小路有長
文久4年 正月24日 元治元年 (1864)	梅花薫簾	讀師　大炊御門家信 講師　藤谷爲遂 發聲　冷泉爲理
元治2年 正月24日 慶應元年 (1865)	南枝暖待鶯	讀師　日野資宗 講師　甘露寺勝長 發聲　庭田重胤
慶應2年 正月23日 (1866)	青柳風靜 (12月29日孝明天皇崩御)	讀師　大炊御門家信 講師　勘解由小路資生 發聲　綾小路有長
慶應3年 (1867)	諒闇のため和歌御會始なし (正月9日明治天皇踐祚　清涼殿代小御所)	
慶應4年 明治元年 (1868)	(8月27日明治天皇即位　紫宸殿) (9月8日明治改元)	

開催年月日	お　題	召人・召歌	所　役
明治２年 正月24日 (1869)	春風來海上(しゅんぷうかいじょうよりきたる) 「御代始」		御製讀師　中山忠能 御製講師　冷泉爲理 讀師　三條西季知 講師　藤谷爲遂 發聲　綾小路有長
明治３年 正月24日 (1870)	春來日暖(はるきたりてひあたたかし)		讀師　萬里小路博房 講師　勘解由小路資生 發聲　綾小路有長
明治４年 正月24日 (1871)	貴賤迎春(きせんはるをむかう)		讀師　醍醐忠順 講師　三條西公允 發聲　大原重德
明治５年 正月18日 (1872)	風光日日新(ふうこうひびあらたなり)		讀師　堀河康隆 講師　伏原宣足 發聲　大原重德
明治６年 １月18日 (1873)	新年祝道(しんねんみちをいわう)		讀師　池田慶德 講師　五條爲榮 發聲　綾小路有長
明治７年 １月18日 (1874)	迎年言志(としをむかえてこころざしをのぶ)		讀師　伊達宗城 講師　西四辻公業 發聲　綾小路有長
明治８年 １月18日 (1875)	都鄙迎年(とひとしをむかう)		讀師　松平慶永 講師　伏原宣足 發聲　綾小路有長
明治９年 １月18日 (1876)	新年望山(しんねんやまをのぞむ)		讀師　伊達宗城 講師　武者小路公香 發聲　綾小路有良
明治10年 １月12日 (1877)	松不改色(まついろをあらためず)	召歌　税所敦子 飯田年平 伊達千廣	讀師　九條道孝 講師　長谷信成 發聲　綾小路有良
明治11年 １月18日 (1878)	鶯入新年語(うぐいすしんねんにいりてかたる)	召歌　税所敦子 飯田年平 村山松根 渡　忠秋	讀師　近衛忠熈 講師　前田利鬯 發聲　綾小路有長
明治12年 １月18日 (1879)	新年祝言(しんねんのしゅうげん)		讀師　中山忠能 講師　四條隆平 發聲　綾小路有長
明治13年 １月19日 (1880)	庭上鶴馴(ていじょうつるなる)		讀師　廣幡忠禮 講師　竹屋光昭 發聲　綾小路有良

明治14年 1月18日 (1881)	竹有佳色(たけにかしょくあり)		讀師　久我建通 講師　堀田正倫 發聲　綾小路有良
明治15年 1月18日 (1882)	河水久澄(かすいひさしくすむ)		讀師　池田茂政 講師　前田利鬯 發聲　正親町實德
明治16年 1月18日 (1883)	四海清(しかいきよし)		讀師　壬生基修 講師　脇坂安斐 發聲　綾小路有良
明治17年 1月18日 (1884)	晴天鶴(せいてんのつる)		讀師　正親町實德 講師　堤　功長 發聲　綾小路有良
明治18年 1月19日 (1885)	雪中早梅(せっちゅうのそうばい)		讀師　長谷信篤 講師　毛利元敏 發聲　綾小路有良
明治19年 1月18日 (1886)	綠竹年久(りょくちくとしひさし)		讀師　松平慶永 講師　脇坂安斐 發聲　綾小路有良
明治20年 1月18日 (1887)	池水浪靜(ちすいなみしずか)		讀師　津輕承昭 講師　北小路隨光 發聲　大原重朝
明治21年 1月18日 (1888)	雪埋松(ゆきまつをうずむ)		讀師　廣幡忠禮 講師　冷泉爲柔 發聲　綾小路有良
明治22年 1月18日 (1889)	水石契久(すいせきちぎりひさし)		讀師　醍醐忠順 講師　北小路隨光 發聲　毛利元敏
明治23年 1月18日 (1890)	寄國祝(くにによするいわい)		讀師　鍋島直大 講師　北小路隨光 發聲　正親町實德
明治24年 2月28日 (1891)	社頭祈世(しゃとうによをいのる)		讀師　松浦　詮 講師　堤　功長 發聲　大原重朝
明治25年 1月18日 (1892)	日出山(ひいづるやま)		讀師　東久世通禧 講師　北小路隨光 發聲　綾小路有良
明治26年 1月18日 (1893)	巖上龜(がんじょうのかめ)		讀師　久我通久 講師　堤　功長 發聲　綾小路有良

明治27年 1月18日 (1894)	梅花先春(ばいかはるにさきだつ)		讀師　三條西公允 講師　北小路隨光 發聲　綾小路有良
明治28年 (1895)	日清戦役・明治天皇広島大本営に行幸中のため休止。 お題「寄海祝」		
明治29年 1月18日 (1896)	寄山祝(やまによするいわい)		讀師　園　基祥 講師　堤　功長 發聲　綾小路有良
明治30年 (1897)	明治30年1月11日英照皇太后崩御による宮中喪のため休止。 お題「松影映水」		
明治31年 (1898)	上記宮中喪の喪明の後行われる予定であったが休止。 お題「新年雪」		
明治32年 1月25日 (1899)	田家煙(でんかのけむり)		讀師　壬生基修 講師　大原重朝 發聲　綾小路有良
明治33年 1月26日 (1900)	松上鶴(しょうじょうのつる)		讀師　近衛篤麿 講師　堤　功長 發聲　綾小路有良
明治34年 1月18日 (1901)	雪中竹(せっちゅうのたけ)		讀師　蜂須賀茂韶 講師　入江爲守 発聲　大原重朝
明治35年 1月18日 (1902)	新年梅(しんねんのうめ)		讀師　德川慶喜 講師　前田利鬯 發聲　綾小路有良
明治36年 1月19日 (1903)	新年海(しんねんのうみ)		讀師　二條基弘 講師　滋野井實麗 發聲　綾小路有良
明治37年 1月20日 (1904)	巖上松(がんじょうのまつ)		讀師　中山孝麿 講師　堤　功長 發聲　綾小路有良
明治38年 1月19日 (1905)	新年山(しんねんのやま)		讀師　高辻修長 講師　入江爲守 發聲　綾小路有良
明治39年 2月7日 (1906)	新年河(しんねんのかわ)		讀師　渡邊千秋 講師　滋野井實麗 發聲　綾小路有良
明治40年 1月18日 (1907)	新年松(しんねんのまつ)		讀師　鍋島直大 講師　堤　功長 發聲　綾小路有良

明治41年 1月18日 (1908)	社頭松(しゃとうのまつ)		讀師　東久世通禧 講師　入江爲守 發聲　大原重朝
明治42年 1月18日 (1909)	雪中松(せっちゅうのまつ)		讀師　二條基弘 講師　滋野井實麗 発聲　大原重朝
明治43年 1月18日 (1910)	新年雪(しんねんのゆき)		讀師　久我通久 講師　堤　功長 發聲　大原重朝
明治44年 1月18日 (1911)	寒月照梅花(かんげつばいかをてらす)		讀師　蜂須賀茂韶 講師　滋野井實麗 發聲　大原重朝
明治45年 1月23日 大正元年 (1912)	松上鶴(しょうじょうのつる)		讀師　萬里小路通房 講師　入江爲守 發聲　大原重朝
大正2年 (1913)	明治45年7月30日明治天皇崩御による宮中喪のため休止。		
大正3年 1月19日 (1914)	社頭杉(しゃとうのすぎ) 「御代始」		御製讀師　德川家達 御製講師　冷泉爲系 讀師　二條基弘 講師　入江爲守 發聲　大原重朝
大正4年 (1915)	大正3年4月11日昭憲皇太后崩御による宮中喪のため休止。		
大正5年 1月18日 (1916)	寄國祝(くにによするいわい)		讀師　九條道實 講師　藤井行德 發聲　持明院基哲
大正6年 1月18日 (1917)	遠山雪(とおやまのゆき)		讀師　一條實輝 講師　冷泉爲系 発聲　持明院基哲
大正7年 1月18日 (1918)	海邊松(かいへんのまつ)	召人　久我通久 召歌　阪　正臣	讀師　鍋島直大 講師　藤枝雅之 發聲　持明院基哲
大正8年 1月18日 (1919)	朝晴雪(あしたのせいせつ)	召人　中山孝麿 召歌　大口鯛二	讀師　德川頼倫 講師　藤井行德 發聲　持明院基哲
大正9年 1月17日 (1920)	田家早梅(でんかのそうばい)	召人　松平乘承 召歌　千葉胤明	讀師　九條道實 講師　冷泉爲系 發聲　持明院基哲

大正10年 1月10日 (1921)	社頭暁(しゃとうのあかつき)	召人　床次竹二郎 召歌　池邊義象	讀師　一條實輝 講師　藤井行徳 發聲　持明院基哲
大正11年 1月18日 (1922)	旭光照波(きょくこうなみをてらす)	召人　金子堅太郎 召歌　遠山英一	讀師　正親町實正 講師　藤枝雅之 發聲　持明院基哲
大正12年 1月29日 (1923)	曉山雲(あかつきのさんうん)	召人　岡部長職 召歌　金子元臣	讀師　鷹司信輔 講師　冷泉爲系 發聲　持明院基哲
大正13年 1月19日 (1924)	新年言志(しんねんこころざしをのぶ)	召人　武井守正 召歌　武島又次郎	讀師　蜂須賀正韶 講師　藤井行徳 發聲　持明院基哲
大正14年 1月20日 (1925)	山色連天(さんしょくてんにつらなる)	召人　東郷平八郎 召歌　加藤義清	讀師　松平乘承 講師　藤井行徳 發聲　持明院基哲
大正15年 1月18日 昭和元年 (1926)	河水清(かすいきよし)	召人　財部彪 召歌　鳥野幸次	讀師　九條道實 講師　冷泉爲系 發聲　西五辻文仲
昭和2年 (1927)	大正15年12月25日大正天皇崩御による宮中喪のため休止。 お題「海上風靜」		
昭和3年 1月28日 (1928)	山色新(さんしょくあらたなり) 「御代始」	召歌　千葉胤明	御製讀師　九條道實 御製講師　冷泉爲系 讀師　蜂須賀正韶 講師　今園國貞 發聲　大原重明
昭和4年 1月24日 (1929)	田家朝(でんかのあさ)	召人　倉富勇三郎 召歌　武島又次郎	讀師　鷹司信輔 講師　今園國貞 發聲　大原重明
昭和5年 1月29日 (1930)	海邊巖(かいへんのいわ)	召歌　金子元臣	讀師　一條實孝 講師　冷泉爲系 發聲　大原重明
昭和6年 1月23日 (1931)	社頭雪(しゃとうのゆき)	召歌　遠山英一	讀師　三條公輝 講師　今園國貞 發聲　大原重明
昭和7年 1月18日 (1932)	曉鷄聲(あかつきのけいせい)	召歌　外山且正	讀師　徳川達孝 講師　今園國貞 發聲　大原重明

昭和８年 １月21日 (1933)	朝海(あしたのうみ)	召歌　加藤義清	讀師　鷹司信輔 講師　冷泉爲系 發聲　大原重明
昭和９年 (1934)	昭和８年11月３日朝香宮鳩彦王妃允子内親王薨去による宮中喪のため休止。		
昭和10年 １月24日 (1935)	池邊鶴(ちへんのつる)	召人　有馬良橘 召歌　鳥野幸次	讀師　前田利爲 講師　今園國貞 發聲　大原重明
昭和11年 １月20日 (1936)	海上雲遠(かいじょうくもとおし)	召歌　千葉胤明	讀師　德川圀順 講師　杉溪由言 發聲　大原重明
昭和12年 １月26日 (1937)	田家雪(でんかのゆき)	召歌　武島又次郎	讀師　山縣有道 講師　冷泉爲系 發聲　大原重明
昭和13年 １月24日 (1938)	神苑朝(しんえんのあした)	召歌　金子元臣	讀師　島津忠重 講師　杉溪由言 發聲　大原重明
昭和14年 １月31日 (1939)	朝陽映島(ちょうようしまにうつる)	召歌　遠山英一	讀師　鷹司信輔 講師　今園國貞 發聲　大原重明
昭和15年 １月29日 (1940)	迎年祈世(としをむかえてよをいのる)	召歌　加藤義清	讀師　德大寺實厚 講師　杉溪由言 發聲　庭田重行
昭和16年 １月28日 (1941)	漁村曙(ぎょそんのあけぼの)	召歌　外山且正	讀師　柳原義光 講師　今園國貞 發聲　大原重明
昭和17年 １月26日 (1942)	連峯雲(れんぽうのくも)	召歌　鳥野幸次	讀師　黒田長禮 講師　今園國貞 發聲　庭田重行
昭和18年 １月28日 (1943)	農村新年(のうそんのしんねん)	召歌　武島又次郎	讀師　浅野長武 講師　杉溪由言 發聲　大原重明
昭和19年 １月28日 (1944)	天皇御風気のため歌会のみ休止。御製・御歌下賜さる。 お題「海上日出」	召歌　遠山英一	讀師　三條西實義 講師　今園國貞 發聲　庭田重行
昭和20年 １月22日 (1945)	社頭寒梅(しゃとうのかんばい)	召歌　外山且正	讀師　德川家正 講師　杉溪由言 發聲　大原重明

開催年月	お題	選　者	召人	所　役	詠進歌数
昭和21年 1月22日 (1946)	松上雪	鳥野幸次　大原重明 武島又次郎(羽衣) 遠山英一　外山且正	千葉胤明	読師　嵯峨實勝 講師　今園國貞 発声　庭田重行	14,262
昭和22年 1月23日 (1947)	あけぼの	千葉胤明　佐佐木信綱 齋藤茂吉 窪田通治(空穂) 鳥野幸次	(召歌なし)	読師　鷹司信輔 講師　杉溪由言 発声　大原重明	13,826
昭和23年 1月29日 (1948)	春山	齋藤茂吉　窪田通治 吉井勇　鳥野幸次 川田順	千葉胤明 佐佐木信綱	読師　筑波藤麿 講師　今園國貞 発声　大原重明	10,928
昭和24年 1月24日 (1949)	朝雪	尾上八郎(柴舟) 齋藤茂吉　窪田通治 吉井勇　鳥野幸次	武島又次郎 遠山英一	読師　坊城俊良 講師　杉溪由言 発声　庭田重行	11,899
昭和25年 1月31日 (1950)	若草	尾上八郎　齋藤茂吉 窪田通治　吉井勇 折口信夫(釈迢空)	金子雄太郎 (薫園) 鳥野幸次	読師　前田利建 講師　今園國貞 発声　庭田重行	10,603
昭和26年 1月26日 (1951)	朝空	尾上八郎　齋藤茂吉 窪田通治　吉井勇 折口信夫	太田貞一 (水穂) 岡三郎(麓)	読師　甘露寺受長 講師　杉溪由言 発声　庭田重行	12,427
昭和27年 (1952)	昭和26年5月17日貞明皇后崩御による宮中喪のため休止。				
昭和28年 2月5日 (1953)	船出	尾上八郎　窪田通治 吉井　勇　折口信夫 土屋文明	新村出 会津八一	読師　山階芳麿 講師　坊城俊民 発声　秋田重季	5,765
昭和29年 1月12日 (1954)	林	尾上八郎　窪田通治 吉井勇　土屋文明 尾山篤二郎	香取秀治郎 (秀真) 小杉國太郎 (放庵)	読師　池田宣政 講師　杉溪由言 発声　秋田重季	6,340
昭和30年 1月12日 (1955)	泉	尾上八郎　窪田通治 吉井勇　土屋文明 尾山篤二郎	川合芳三郎 (玉堂) 柳田國雄	読師　二條弼基 講師　坊城俊民 発声　藤枝雅脩	7,992
昭和31年 1月12日 (1956)	早春	尾上八郎　窪田通治 吉井勇　土屋文明 尾山篤二郎	谷崎潤一郎 湯川秀樹	読師　池田徳眞 講師　坊城俊民 発声　藤枝雅脩	7,490
昭和32年 1月11日 (1957)	ともしび	尾上八郎　吉井勇 土屋文明 太田みつ(四賀光子) 松村英一	金田一京助 窪田通治	読師　一條實孝 講師　坊城俊民 発声　藤枝雅脩	12,938

昭和33年 1月10日 (1958)	雲	吉井勇　土屋文明 太田みつ　松村英一	牧野英一 尾山篤二郎	読師　徳大寺實厚 講師　坊城俊民 発声　杉溪陽言	17,238
昭和34年 1月12日 (1959)	窓	吉井勇　土屋文明 太田みつ　松村英一 五島美代子 木俣修二(修)	安田新三郎 (靫彦) 佐藤春夫	読師　岡部長景 講師　坊城俊民 発声　坊城俊周	22,427
昭和35年 1月12日 (1960)	光	吉井勇　土屋文明 太田みつ　松村英一 五島美代子　木俣修二	石坂泰三 入江俊郎	読師　浅野長武 講師　坊城俊厚 発声　杉溪陽言	23,363
昭和36年 1月12日 (1961)	若	土屋文明　太田みつ 松村英一　五島美代子 木俣修二	中川一政 佐藤達夫	読師　橋本實斐 講師　坊城俊民 発声　坊城俊周	20,732
昭和37年 1月12日 (1962)	土	土屋文明　太田みつ 松村英一　五島美代子 木俣修二	中村孝也 上山英三	読師　鷹司平通 講師　坊城俊厚 発声　杉溪陽言	31,235
昭和38年 1月10日 (1963)	草原	太田みつ　松村英一 五島美代子　木俣修二 鹿児島壽蔵	高田保馬 土屋文明	読師　三條實春 講師　坊城俊民 発声　坊城俊周	37,207
昭和39年 1月10日 (1964)	紙	太田みつ　松村英一 五島美代子　木俣修二 鹿児島壽蔵	花田大五郎 (比露思) 高村豐周	読師　大久保利謙 講師　坊城俊厚 発声　杉溪陽言	46,908
昭和40年 1月12日 (1965)	鳥	太田みつ　松村英一 五島美代子　木俣修二 鹿児島壽蔵	武井大助 久保田貫一郎	読師　三條西公正 講師　坊城俊民 発声　坊城俊周	35,481
昭和41年 1月13日 (1966)	声	木俣修二　鹿児島壽蔵 橋本德壽　山下陸奥 岡野直七郎	清水秀 堀口捨己	読師　六角英通 講師　坊城俊厚 発声　杉溪陽言	37,160
昭和42年 1月12日 (1967)	魚	橋本德壽　山下陸奥 岡野直七郎　佐藤佐太郎 宮肇(柊二)	南原繁 堀口大學	読師　梅溪通虎 講師　坊城俊民 発声　坊城俊周	43,839
昭和43年 1月12日 (1968)	川	佐藤佐太郎　宮肇 松村英一　長谷川銀作 山下秀之助	松山茂助	読師　島津忠承 講師　坊城俊民 発声　杉溪陽言	44,965
昭和44年 1月10日 (1969)	星	松村英一　長谷川銀作 山下秀之助　木俣修二 窪田章一郎	高木市之助	読師　高倉永輝 講師　入江爲年 発声　坊城俊周	38,989

昭和45年 1月13日 (1970)	花	鹿児島壽蔵　加藤将之 木俣修二　窪田章一郎 太田兵三郎(青丘)	久松潜一	読師　堤　經長 講師　坊城俊民 発声　杉溪陽言	39,203
昭和46年 1月12日 (1971)	家	鹿児島壽蔵　加藤将之 太田兵三郎　佐藤佐太郎 宮肇	内藤濯	読師　正親町公秀 講師　坊城俊厚 発声　坊城俊周	33,983
昭和47年 1月14日 (1972)	山	木俣修二　窪田章一郎 佐藤佐太郎　宮肇 前田　透	高崎正秀	読師　壬生基泰 講師　入江爲年 発声　秋田一季	33,996
昭和48年 1月12日 (1973)	子ども	鹿児島壽蔵　加藤将之 木俣修二　窪田章一郎 前田透	中西悟堂	読師　東園基文 講師　坊城俊民 発声　坊城俊周	30,331
昭和49年 1月10日 (1974)	朝	鹿児島壽蔵　加藤将之 木俣修二　佐藤佐太郎 宮肇	森本治吉	読師　前田利建 講師　入江爲年 発声　五辻規仲	31,363
昭和50年 1月10日 (1975)	祭り	木俣修二　佐藤佐太郎 山本友一　香川進 宮肇	坂口謹一郎	読師　柳原承光 講師　坊城俊厚 発声　杉溪陽言	25,345
昭和51年 1月 9日 (1976)	坂	太田兵三郎　佐藤佐太郎 山本友一　香川進 宮肇	高崎英雄 (伊馬春部)	読師　内藤頼博 講師　坊城俊民 発声　坊城俊周	29,777
昭和52年 1月14日 (1977)	海	木俣修二　太田兵三郎 佐藤佐太郎　山本友一 香川進	宇田道隆	読師　島津忠秀 講師　入江爲年 発声　杉溪陽言	32,274
昭和53年 1月12日 (1978)	母	木俣修二　佐藤佐太郎 山本友一　香川進 宮肇	井出一太郎	読師　細川護貞 講師　坊城俊民 発声　坊城俊周	33,812
昭和54年 1月12日 (1979)	丘	木俣修二　山本友一 香川進　上田三四二 岡野弘彦	犬養孝	読師　林　友春 講師　入江爲年 発声　杉溪陽言	31,497
昭和55年 1月10日 (1980)	桜	木俣修二　山本友一 香川進　上田三四二 岡野弘彦	佐藤朔	読師 大炊御門經輝 講師　坊城俊民 発声　坊城俊周	30,777
昭和56年 1月13日 (1981)	音	木俣修二　山本友一 香川進　上田三四二 岡野弘彦	奥田嚴三 (元宋)	読師　甘露寺親房 講師　入江爲年 発声　杉溪陽言	31,173

昭和57年 1月13日 (1982)	橋	木俣修二　窪田章一郎 前田透　上田三四二 岡野弘彦	安東正郎 (聖空)	読師　徳川圀齊 講師　坊城俊民 発声　坊城俊周	30,791
昭和58年 1月14日 (1983)	島	木俣修二　窪田章一郎 前田透　上田三四二 岡野弘彦	桑田忠親	読師　甘露寺親房 講師　坊城俊民 発声　杉溪陽言	26,851
昭和59年 1月12日 (1984)	緑	窪田章一郎　山本友一 香川進　前田　透 上田三四二	石橋貞吉 (山本健吉)	読師　松平忠晃 講師　坊城俊民 発声　坊城俊周	29,630
昭和60年 1月10日 (1985)	旅	窪田章一郎　山本友一 香川進　渡邉弘一郎(清水房雄)　岡野弘彦	宇野信男 (信夫)	読師　花山院親忠 講師　坊城俊民 発声　杉溪陽言	30,211
昭和61年 1月10日 (1986)	水	窪田章一郎　山本友一 香川進　渡邉弘一郎 岡野弘彦	宮本顯一 (竹逕)	読師　黒田長久 講師　坊城俊成 発声　坊城俊周	31,387
昭和62年 1月10日 (1987)	木	香川進　渡邉弘一郎 武川忠一　上田三四二 岡野弘彦	直木孝次郎	読師　亀井茲建 講師　坊城俊成 発声　坊城俊周	29,423
昭和63年 1月12日 (1988)	車	香川進　渡邉弘一郎 武川忠一　上田三四二 岡野弘彦	井上靖	読師　松平明兼 講師　坊城俊成 発声　坊城俊周	28,089
昭和64年 (1989) 平成元年	昭和64年1月7日昭和天皇崩御のため休止。 お題「晴」				
平成2年 2月6日 (1990)	「昭和天皇を偲ぶ歌会」が春秋の間で催され、64年のお題「晴」のために詠まれた昭和天皇御製ほかが披講された。			読師　秋田一季 講師　坊城俊成 発声　坊城俊周	
平成3年 1月10日 (1991)	森 「御代始」	渡邉弘一郎　千代國一 田谷鋭　武川忠一 岡野弘彦	梅原猛	御製読師　松平明兼 御製講師　堤　公長 読師　島津久厚 講師　坊城俊成 発声　坊城俊周	13,912
平成4年 1月14日 (1992)	風	渡邉弘一郎　千代國一 田谷鋭　武川忠一 岡野弘彦	長澤美津	読師　山尾信一 講師　坊城俊成 発声　坊城俊周	18,906
平成5年 1月14日 (1993)	空	千代國一　田谷鋭 武川忠一　岡野弘彦 岡井隆	吉田正俊	読師　嵯峨公元 講師　坊城俊成 発声　園池公毅	20,720

平成6年 1月14日 (1994)	波	千代國一　田谷鋭 武川忠一　岡野弘彦 岡井隆	中西進	読師　小出英忠 講師　坊城俊成 発声　園池公毅	22,514
平成7年 1月12日 (1995)	歌	千代國一　田谷鋭 武川忠一　岡野弘彦 岡井隆	五島茂	読師　入江俊久 講師　坊城俊成 発声　園池公毅	21,398
平成8年 1月12日 (1996)	苗	＊千代國一　田谷鋭 武川忠一　岡野弘彦 岡井隆	加藤克巳	読師　牧野伸和 講師　坊城俊成 発声　園池公毅	19,354
平成9年 1月14日 (1997)	姿	千代國一　＊田谷鋭 武川忠一　岡野弘彦 岡井隆	齋藤史	読師　黒田長榮 講師　坊城俊成 発声　園池公毅	19,611
平成10年 1月14日 (1998)	道	＊武川忠一　安永蕗子 岡野弘彦　岡井隆 島田修二	橋元四郎平	読師　松平　康 講師　坊城俊成 発声　園池公毅	21,675
平成11年 1月14日 (1999)	青	武川忠一　安永蕗子 ＊岡野弘彦　岡井隆 島田修二	藤田良雄	読師　醍醐忠久 講師　坊城俊成 発声　園池公毅	22,853
平成12年 1月14日 (2000)	時	武川忠一　安永蕗子 岡野弘彦　＊岡井隆 島田修二	可部恒雄	読師　德川宗英 講師　坊城俊成 発声　園池公毅	23,157
平成13年 1月12日 (2001)	草	武川忠一　＊安永蕗子 岡野弘彦　岡井隆 島田修二	上田正昭	読師　松平　康 講師　坊城俊成 発声　園池公毅	24,034
平成14年 1月15日 (2002)	春	武川忠一　安永蕗子 岡野弘彦　岡井隆 ＊島田修二	扇畑忠雄	読師　亀井茲基 講師　坊城俊成 発声　園池公毅	24,615
平成15年 1月15日 (2003)	町(街)	＊武川忠一　安永蕗子 岡野弘彦　岡井隆 島田修二	酒井忠明	読師　梅溪通明 講師　坊城俊成 発声　園池公毅	25,434
平成16年 1月14日 (2004)	幸	安永蕗子　岡野弘彦 岡井隆　島田修二 ＊永田和宏	大岡信	読師　大久保利泰 講師　近衛忠大 発声　園池公毅	27,316
平成17年 1月14日 (2005)	歩み	＊安永蕗子　岡野弘彦 岡井隆　永田和宏 島田修二(平成16年9月12日死去)	渡邉弘一郎 (清水房雄)	読師　本多康忠 前田利祐 講師　坊城俊成 発声　園池公毅	28,785

＊平成8年より選者の歌も一首披講されている。

伝統文化鑑賞会「和歌の披講」開催一覧

披講：披講会(会長　坊城俊周)
主催：日本文化財団
後援：文化庁　(社)霞会館

開催日時・場所	構成内容	解説・読師	披講会
第１回 平成10年４月26日(日) 午後１時30分開演 国立劇場大劇場(三宅坂)	第一部 (1)平安時代の「天徳歌合」より　４首 (2)江戸時代の後水尾天皇二条城行幸「和歌御會」より “竹契遐年”　４首 第二部 平成10年「歌会始の儀」より “道”　９首	解　説：中島宝城 解説補：青柳隆志 読　師：松平康 (平成10年歌会始読師)	坊城俊周　賀陽正憲 五辻規仲　園池公毅 柳原従光　坊城俊成 堤公長　坊城俊在 秋田美篤　近衞忠大
第２回 平成11年５月４日(祝・火) 午後２時開演 国立劇場大劇場(三宅坂)	第一部 (1)平安時代の「女流歌人の和歌」　５首 (2)安土桃山時代の「和歌御會」より　後陽成天皇聚楽第行幸　天正16年4月16日 “詠寄松祝”　４首 第二部 平成11年「歌会始の儀」より “青”　９首	解　説：中島宝城 解説補：青柳隆志 読　師：松平康 (平成10年歌会始読師) 醍醐忠久 (平成11年歌会始読師)	坊城俊周　五辻規仲 柳原従光　堤公長 秋田美篤　賀陽正憲 園池公毅　坊城俊成 近衞忠大　園基大
第３回 平成12年４月９日(日) 午後２時開演 南座(京都)	第一部 (1)奈良・平安時代の「春夏秋冬の和歌」　８首 (2)明治天皇御即位後初の「和歌御會」より　明治２年正月24日京都御所(小御所) “春風來海上”　５首 第二部 平成12年「歌会始の儀」より “時”　９首	解　説：中島宝城 解説補：青柳隆志 読　師：松平康 (平成10年歌会始読師) 醍醐忠久 (平成11年歌会始読師) 徳川宗英 (平成12年歌会始読師)	坊城俊周　五辻規仲 柳原従光　堤公長 秋田美篤　賀陽正憲 園池公毅　坊城俊成 坊城俊在　近衞忠大

第4回 平成14年4月28日(日) 午後2時開演 国立劇場大劇場 (三宅坂)	第一部 (1)和歌所設置1,050周年記念 勅撰和歌集「古今集」より 春の歌の披講　6首 (2)明治12年1月18日「歌御會始」より“新年祝言”　6首 第二部 平成14年「歌会始の儀」より “春”　8首 平成13年「歌会始の儀」より “草”　1首	解　説：中島宝城 解説補：青柳隆志 読　師：松平康 (平成10、13年歌会始読師) 亀井茲基 (平成14年歌会始読師)	坊城俊周　五辻規仲 柳原従光　堤公長 秋田美篤　園池公毅 坊城俊成　坊城俊在 近衛忠大　醍醐忠紀 久邇朝俊
第5回 平成16年4月25日(日) 午後2時開演 国立劇場大劇場 (三宅坂)	第一部 「熊野懐紙」 －後鳥羽上皇熊野御幸歌會より－　6首 第二部 昭和22年の「歌会始の儀」より “あけぼの”　7首 第三部 平成16年の「歌会始の儀」より “幸”　10首	解　説：中島宝城 解説補：青柳隆志 読　師：梅渓通明 (平成15年歌会始読師) 大久保利泰 (平成16年歌会始読師)	坊城俊周　五辻規仲 柳原従光　堤公長 秋田美篤　園池公毅 坊城俊成　坊城俊在 近衛忠大　醍醐忠紀 久邇朝俊　櫛笥隆亮
第6回 平成17年4月24日(日) 午後2時開演 国立劇場大劇場 (三宅坂) 後援：文化庁 ㈳霞会館 和歌文学会	［古今集・新古今集の年］記念－勅撰和歌集より－ 第一部 「古今和歌集」より秀歌　6首 第二部 「新古今和歌集」竟宴和歌より　6首 第三部 平成17年の「歌会始の儀」より “歩み”　10首	解　説：中島宝城 解説補：青柳隆志 読　師：本多康忠 (平成17年歌会始読師) 前田利祐 (平成17年歌会始読師控)	坊城俊周　五辻規仲 柳原従光　堤公長 秋田美篤　園池公毅 坊城俊成　坊城俊在 近衛忠大　醍醐忠紀 久邇朝俊　櫛笥隆亮 園基大
第7回 平成18年4月23日(日) 午後2時開演 国立劇場大劇場 後援：文化庁 ㈳霞会館 萬葉学会	第一部 「萬葉秀歌を歌う」天平18年詔に応える歌など　14首 第二部 平成18年の「歌会始の儀」より “笑み”　10首	「うた」と「ものがたり」：岡野弘彦 解　説：中島宝城 解説補：青柳隆志 講　師：前田利祐 (平成18年歌会始読師)	坊城俊周　五辻規仲 柳原従光　堤公長 秋田美篤　園池公毅 坊城俊成　坊城俊在 近衛忠大　醍醐忠紀 久邇朝俊　櫛笥隆亮 園基大

平成十六年歌会始御製・御歌及び詠進歌　お題「幸」

（平成十六年一月十四日）

御製（天皇陛下のお歌）

人々の幸願ひつつ国の内めぐりきたりて十五年経つ　＊

皇后宮御歌

幸《さき》くませ真幸《まさき》くませと人びとの声渡りゆく御幸《みゆき》の町に　＊

東宮（皇太子）お歌

すこやかに育つ幼なを抱きつつ幸おほかれとわが祈るなり　＊

東宮妃（皇太子妃）お歌

寝入る前かたらひすごすひと時の吾子の笑顔は幸せに満つ　＊

文仁親王お歌

白神のぶなの林にわが聞きし山幸護る智恵の豊けさ

文仁親王妃紀子お歌

藻場まもる国崎《くざき》の海女《あま》ら晴ればれと得し海幸をわれに示せり　＊

清子内親王お歌

またひとり見上げて笑《ゑ》まふつゆの間のひとときの幸《さち》大き虹いづ

正仁親王お歌

手足のわざままならぬ子ら見まもりて幸おほかれとわが祈るなり

正仁親王妃華子お歌

家族みなごみ笑まへる汽車の旅ここに幸ありと見つつたのしき

崇仁親王妃百合子お歌

大漁旗風にはためき海の幸のせて今しも船かへり来る

寛仁親王妃信子お歌

振袖をきよそひて立つ娘《こ》ら二人幸おほかれとわが祈るなり

憲仁親王妃久子お歌

木もれ日に風かよふ朝君とゐし身の幸《さいはひ》のよみがへりくる

召人　大岡　信

いとけなき日のマドンナの幸《さつ》ちやんも孫三《み》たりとぞe《イー》メイル来る

＊

選者　安永蕗子

ふかぶかと礼することの幸せに揺れてしばらく秋草のなか

選者　岡野弘彦

人みなのおのが幸《さち》さち詠みいでしうた選びをへ年あらたまる

選者　岡井　隆

朝暾《てうとん》は雲を灼《や》きつつ差して来ぬ幸せのやうにすこしおくれて

選者　島田修二

見はるかすうなさかあをく道なして諸びと幸くとはに平和なれ

選者　永田和宏

しら梅はしづかに時を巻きもどすかの幸《さきは》ひに君と子を率《ゐ》て　＊

選歌（詠進者生年月日順）

兵庫県　金森美智子

頷けば足らふ八十路の幸せに夫の視野へ挿す花蘇芳　＊

愛知県　南部茂樹

授かりし羽その幸を乱れ飛ぶひらりきらりとおほむらさきは

熊本県　森田良子

まだ花も貴女もわかり幸せと盲《し》ひゆく母の哀しみは澄む

ブラジル国パラナ州　間嶋正典

幸せが一歩の先にあるごとく駿馬生き生き耕してゆく

宮城県　大和昭彦

一本の樹となりてあれ幸せは春の大地を濡らしゆく雨

埼玉県　岡部すず子

夢に来ていま幸せかと問ひ給ふ母の若さの眩しかりけり

福岡県　赤司芳子

一人居る幸せもありひとりなる淋しさもありて子と離り住む

岡山県　藤原廣之

鳥語木語さきはふ村の朝山に鉈研ぐ杉はいま伸びざかり

奈良県　東庄日出子

人の世の幸《さち》みまもりし盧舎那仏《るしゃなぶつ》その大屋根に月さえにけり　＊

大阪府　松本みゆ

彼と手をつなげることが幸せでいつも私が先に手のばす　＊

＊印はＣＤ収録歌

平成十九年歌会始のお題及び詠進歌の詠進要領

一　平成十九年歌会始のお題

「月」と定められました。

二　詠進歌の詠進要領

(一)　詠進歌は、お題を詠み込んだ自作の短歌で一人一首とし、未発表のものに限ります。

(二)　書式は、半紙（習字用の半紙）を横長に用い、右半分にお題と短歌、左半分に郵便番号、住所、電話番号、氏名（本名、ふりがなつき）、生年月日及び職業（なるべく具体的に）を縦書きで書いてください（書式図参照）。

無職の場合は、「無職」と書いてください（以前に職業に就いたことがある場合には、なるべく元の職業を書いてください）。なお、主婦の場合は、単に「主婦」と書いても差し支えありません。

(三)　用紙は、半紙とし、毛筆で自書してください。ただし、海外から詠進する場合は、用紙は随意とし、毛筆でなくても差し支えありません。

(四)　病気又は身体障害のため毛筆にて自書することができない場合は左記によることができます。

ア　代筆（墨書）による。代筆の理由、代筆者の住所及び氏名を別紙に書いて詠進歌に添えてください。

イ　本人がワープロやパソコンなどを使用して印字する。この場合、これらの機器を使用した理由を別紙に書いて詠進歌に添えてください。

書式図

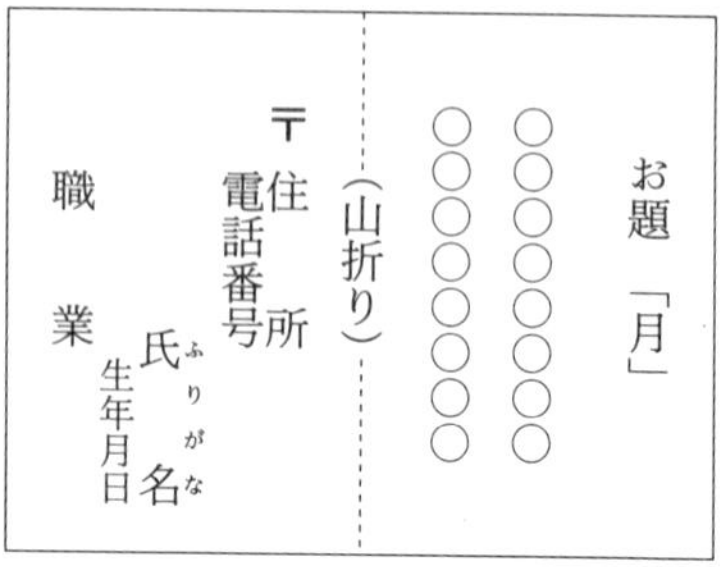

ウ　視覚障害の方は、点字で詠進しても差し支えありません。

三　注意事項

次の場合には、詠進歌は失格となります。

(一)　お題を詠み込んでいない場合

(二)　一人で二首以上詠進した場合

(三)　詠進歌が既に発表された短歌と同一又は著しく類似した短歌である場合

(四)　詠進歌を歌会始の行われる以前に、新聞、雑誌その他の出版物、年賀状等により発表した場合

(五)　二の(四)に記した代筆の理由書を添えた場合を除き、同筆と認められるすべての詠進歌

(六)　住所、氏名、生年月日、職業を書いてないものその他この詠進要領によらない場合

四　詠進の期間

お題発表の日から九月三十日までとし、郵送の場合は、消印が九月三十日までのものを有効とします。

五　郵便のあて先

「〒一〇〇―八一一一　宮内庁」とし、封筒に「詠進歌」と書き添えてください。詠進歌は、小さく折って封入して差し支えありません。

六　疑問がある場合には、直接、宮内庁式部職あてに、郵便番号、住所、氏名を書き、返信用切手をはった封筒を添えて、九月二十日までに問い合わせください。

また、宮内庁ホームページ（http://www.kunaicho.go.jp/12/d12-08.html）を御参照ください。

ＣＤ解説

CD収録歌一覧

解説　青柳隆志

一　君が代

[1] 君が代は千代に八千代にさざれ石の
いはほとなりてこけのむすまで　【読上《よみあげ》】

[2] （同）【甲調《こうちょう》】

[3] （同）【乙調《おっちょう》】

[4] （同）【上甲調《じょうこうちょう》】

二　春の歌七首、『古今和歌集』『新古今和歌集』ほか

[5] 五十首歌奉りし中に、湖上の花を　宮内卿《くないきょう》
花さそふ比良の山風吹きにけり

一　君が代

『古今和歌集』巻七、賀に「我が君は千代に八千代にさざれ石のいはほとなりてこけのむすまで」として見え、『和漢朗詠集』祝に、初句「君が代は」の形で現れて以後、永遠の長寿を予祝する賀歌としてひろく人口に膾炙した。披講会では、まず「君が代」の節をを覚えることから教習をはじめる。

[1] **君が代【読上】**（1′29″）講師による読み上げ。標準音は黄鐘《おうしき》（洋楽のA）とされ、一定の高さを保つことが要求される。各句を区切って読み、母音を長く延ばした末を言い切ってややはねる。句の間は三息または四息で、第四・五句は間をおかずに読む。

[2] **君が代【甲調】**（1′43″）発声及び講頌による「甲調」の披講。

[3] **君が代【乙調】**（1′48″）発声及び講頌による「乙調」の披講。

[4] **君が代【上甲調】**（1′41″）発声及び講頌による「上甲調」の披講。

漕ぎゆく舟の跡見ゆるまで　【読上・甲調】

6　守覚法親王、五十首歌よませ侍りけるに　藤原定家《ふぢはらのさだいへ》

春の夜の夢の浮き橋途絶えして
峰にわかるる横雲の空　【読上・甲調】

7　一条院の御時、奈良の八重桜を人の奉りて侍りけるを、そのをり御前に侍りければ、その花をたまひて歌よめとおほせられければ、よめる　伊勢大輔《いせのたいふ》

いにしへのならの都の八重桜
今日九重ににほひぬるかな　【読上・乙調】

8　さくらの花のちるを、よめる　紀友則《きのとものり》

久方の光のどけき春の日に
しづごころなく花のちるらむ　【読上・乙調】

二　春の歌七首

『古今和歌集』『詞花和歌集』『新古今和歌集』より春の名歌を選んで披講する。披講順は、本来の配列順を逆に遡る。

5 **花さそふ**　(3′29″)『新古今和歌集』春歌下（128）。「世の中を何にたとへむ朝ぼらけ漕ぎ行く舟の跡の白波」（沙弥満誓）を本歌とし、琵琶湖畔の比良の山風に散る花の趣きを重ねた秀歌。作者宮内卿は、後鳥羽院に仕えた女房。

6 **春の夜の**　(3′20″)『新古今和歌集』春歌上（38）。『源氏物語』終巻の「夢浮橋」の世界を背景に、春の夜の夢のはかなさを幻想的に描いた、新古今風の代表的作品。作者藤原定家（一一六二～一二四一）は『新古今集』『新勅撰集』の撰者。「百人一首」も定家の撰。

7 **いにしへの**　(3′32″)『詞花和歌集』春（29）。奈良の扶公僧都が中宮彰子に桜を奉った際、その取り入れ役を、紫式部が伊勢大輔に譲った、その時の歌。奈良の八重桜が「九重」（宮中の意）に咲くという興趣を詠んだ、当意即妙の名歌。「百人一首」に採られる。作者伊勢大輔は、大中臣能宣の孫で、彰子に仕えた。

9 花ざかりに、京を見やりて、よめる　素性法師《そせいほうし》

見わたせば柳桜をこきまぜて
　都ぞ春の錦なりける
【読上・上甲調】

10 初瀬にまうづるごとにやどりける人の家に、久しくやどらで、ほどへてのちにいたれりければ、かの家のあるじ、かくさだかになむやどりはある、といひ出だして侍りければ、そこにたてりける梅の花を折りて、よめる　紀貫之《きのつらゆき》

人はいさ心も知らずふるさとは
　花ぞ昔の香ににほひける
【読上・甲調】

11 仁和のみかど、みこにおましましける時に、人にわかな賜ひける御《おほむ》うた　光孝天皇

君がため春の野に出でて若菜つむ
　我が衣手に雪は降りつつ
【読上・乙調二反】

8 **久方の**（3′18″）『古今和歌集』春歌下（84）。のどかな春の風情に散り急ぐ桜を擬人化して対照させた、趣のある歌。「百人一首」に採られる。作者紀友則は、紀貫之の従兄弟で『古今集』撰者の一人であったが、完成を見ず没した。

9 **見わたせば**（3′13″）『古今和歌集』春歌上（56）。遠望される桜と柳の交ぜ織りが、秋の錦ならぬ「春の錦」を現出するという趣向。「むすんでひらいて」の節で唱歌としても歌われた。作者素性法師は、僧正遍昭の子。機知に富んだ軽妙な歌を数多く詠んだ。

10 **人はいさ**（3′38″）『古今和歌集』春歌上（42）長谷寺参詣の途次、中宿りにしていた家の女主人との応酬で、荒廃した古里にも花は昔通り咲くという趣を詠んだ歌。「百人一首」に採られる。作者紀貫之（八七二?～九四五?）は、『古今集』の撰者で、『土佐日記』の作者でもある。

11 **君がため**（5′03″）『古今和歌集』春歌上（21）春の若菜摘みに急に降ってきた雪を上手に利用して、若菜を贈る相手への挨拶とした、好感あふれる御歌。「百

三　平成十六年歌会始の儀より、お題「幸」

12 年の始めに、同じく、幸《さち》といふことを、おほせごと
によりて、よめるうた　大阪府　松本の　みゆ
彼と手をつなげることが幸せで
いつも私が先に手のばす
【読上・甲調】

13 人の世の幸《さち》みまもりし盧《る》舎《しゃ》那《な》仏《ぶつ》
その大屋根に月さえにけり
奈良県　東庄の　日出子
【読上・甲調】

14 頷けば足らふ八十路の幸せに
夫の視野へ挿す花蘇芳
兵庫県　金森の　美智子
【読上・甲調】

人一首」に採られる。光孝天皇（八三〇～八八七）は文徳天皇の弟君で、五十五歳に至って即位した。この歌は親王時代の作。

三　平成十六年歌会始の儀

平成十六年一月十四日に行われた。当日、実際に披講されたのは十七首（預選歌十首、選者一首、召人一首、皇族代表一首、皇太子妃殿下一首、皇太子殿下一首、皇后陛下一首、天皇陛下一首）

12 **彼と手を**（4'20"）講師は預選歌（生年月日の若い順から披講する）の一首目に「端作《はしづくり》」を読み上げる。懐紙に「新年同詠幸　応制歌」とあるのを、歌の読み上げ同様、長く延ばしながら言い切りつつ読む。末の「よめる」は関西アクセント。住所氏名は聞こえる程度に読み、氏名の姓と名の間には「の」を入れる。

13 **人の世の**（3'07"）以下、皇太子殿下のお歌までは端作を略し、預選歌では、住所氏名のみを読む。

14 **頷けば**（3'08"）以上三首は甲調で披講。

15

しら梅はしづかに時を巻きもどす
かの幸《さきは》ひに君と子を率《ゐ》て

選者　永田の　和宏

【読上・乙調】

16

いとけなき日のマドンナの幸《さっ》ちゃんも
孫三《み》たりとぞe《イー》メイル来る

大岡の　信

【読上・乙調】

17

藻《も》場《ば》まもる国崎《くざき》の海女《あま》ら晴ればれと
得し海幸をわれに示せり

文仁《ふみひと》のみこのみめ

【読上・乙調】

18

寝入る前かたらひすごすひと時の

ひつぎのみこのみめ

15 **しら梅は**（3'11"）歌会始の選者（五名）の歌は、平成八年歌会始から、代表の一首が披講されている。

16 **いとけなき**（2'53"）召人の歌。召人は天皇陛下から特に乞われて歌を詠進する人で、専門の歌人や社会的に活躍している人の中から選ばれる。平成十六年の召人は詩人・評論家の大岡信氏。

17 **藻場まもる**（3'12"）文仁親王妃紀子殿下のお歌。歌会始では、皇族方のお歌は、代表の一首のみが披講される。以上三首は乙調で披講。

18 **寝入る前**（3'12"）皇太子妃殿下のお歌。上甲調で披講される。

吾子《あこ》の笑顔は幸せに満つ　【読上・上甲調】

19　ひつぎのみこ

すこやかに育つ幼なを抱きつつ
幸おほかれとわが祈るなり　【読上・甲調】

20　幸、といふことを、よませたまへる、きさいのみやのみうた

幸《さき》くませ真幸《まさき》くませと人びとの
声渡りゆく御幸《みゆき》の町に　【読上・乙調二反】

21　幸、といふことを、よませたまへる、おほみうた

人々の幸願ひつつ国の内
めぐりきたりて十五年経《へ》つ　【読上・上甲調二反・甲調】

19 **すこやかに**（3'07"）皇太子殿下のお歌。甲調で披講される。

20 **幸くませ**（4'36"）皇后陛下のお歌。講師は端作を読み、乙調で二反《かえし》披講される。

21 **人々の**（5'54"）天皇陛下のお歌。講師は端作を読み、上甲調で二反、甲調一反の計三反《かえし》披講される。

披講所役一覧

一　君が代

講師　坊城俊成
発声　園池公毅
講頌　坊城俊周
講頌　柳原従光
講頌　堤　公長
講頌　久邇朝俊

二　春の歌七首

講師　坊城俊成
発声　坊城俊在
講頌　五辻規仲
講頌　柳原従光
講頌　園池公毅
講頌　櫛笥隆亮
講頌　園　基大

詞書　青柳隆志

三　平成十六年歌会始の儀

講師　近衛忠大
発声　園池公毅
講頌　五辻規仲
講頌　柳原従光
講頌　坊城俊在
講頌　醍醐忠紀

収録データ

平成十六年十二月四日（土）午後一時〜四時　キングレコード関口台第二スタジオ
ディレクター　小泉裕一　エンジニア　石井　満　滝川博信

披　講　会

（平成17年4月現在）

⑦　⑫　⑧　②　①　③　⑨　⑥⑪⑩　④　⑤

平成16年12月4日　キングレコード関口台スタジオ2stにて

「披講会」の構成員は、坊城会長以下、現在13名となっております。このうち11名が、宮内庁嘱託として辞令交付され、「歌会始」所役を務めることになります。

①	坊城俊周（ぼうじょう・としかね）	昭和2年生	東京都出身	発声/講頌
②	五辻規仲（いつつじ・のりなか）	昭和2年生	東京都出身	講頌
③	柳原従光（やなぎわら・よりみつ）	昭和15年生	東京都出身	講頌
④	堤　公長（つつみ・きみなが）	昭和25年生	東京都出身	講頌
⑤	園池公毅（そのいけ・きんたけ）	昭和36年生	東京都出身	発声/講頌
⑥	坊城俊成（ぼうじょう・としなる）	昭和37年生	東京都出身	講師
⑦	坊城俊在（ぼうじょう・としあり）	昭和46年生	東京都出身	発声/講頌
⑧	近衛忠大（このえ・ただひろ）	昭和45年生	東京都出身	講師
⑨	醍醐忠紀（だいご・ただのり）	昭和33年生	東京都出身	講頌
⑩	久邇朝俊（くに・あさとし）	昭和46年生	東京都出身	講頌
⑪	櫛笥隆亮（くしげ・たかあき）	昭和50年生	東京都出身	講頌
⑫	園　基大（その・もとひろ）	昭和50年生	東京都出身	講頌

執筆者略歴

坊城俊周（ぼうじょう・としかね）

昭和２年（1927）東京都生。昭和21年より大原重明氏に和歌披講を習う。昭和23年宮中歌会始の講頌控となり、以後発声・講頌として奉仕、現在に至る。元フジテレビ常務取締役編成局長、共同テレビ代表取締役社長、会長。現在は、披講会会長、社団法人霞会館理事。フジテレビ旧友会副会長。著書に、歌集『アポロの月』、歌文集『立春大吉』、『宮中歌会始　読師及び諸役の所作』（共著、菊葉文化協会編　毎日新聞社）がある。

中島宝城（なかじま・ほうじょう）

昭和10年福岡県生。九州大学卒業。宮内庁に入庁。東宮侍従、式部官、式部副長（歌会始などの宮中の儀式と雅楽を総括担当）を経て退職。現在、宮内庁歌会始委員会参与、現代歌人協会会員、㈶菊葉文化協会理事（雅楽担当）、文京学院大学非常勤講師（和歌担当）、㈱帝国ホテル特別顧問。著書に歌集『谷蟆の歌』『山彦の歌』『天雲の歌』『谷蟆は歌ふ』（以上、明窓出版）『白鳥の歌』（星と森）、『宮中歌会始　歌会始の歴史と現在』（共著、菊葉文化協会編　毎日新聞社）。James Kirkup『A Book of Tanka』『Burning Giraffes』（ザルツブルグ大学出版）に短歌の英訳が収録されている。

青柳隆志（あおやぎ・たかし）

昭和36年千葉県生。筑波大学大学院文芸・言語研究科博士課程中退。専門は朗詠・和歌披講史。著書に『日本朗詠史　研究篇』『日本朗詠史　年表篇』（笠間書院）、論文に「明治初年の歌会始－和歌御会始から近代歌会始への推移－」（『和歌文学研究』85号）等がある。現在、東京成徳大学人文学部助教授。

酒井信彦（さかい・のぶひこ）

昭和18年神奈川県生。東京大学大学院人文科学研究科修士課程修了。東京大学史料編纂所に入所、『大日本史料』第十・十一編の編纂に従事。専門は室町・江戸時代の朝廷の儀礼、特に年中行事。論文に「朝廷年中行事の転換－『御祝』の成立－」（『東京大学史料編纂所研究紀要』第18号）「『後水尾院当時年中行事』の性格と目的」（『東京大学史料編纂所報』第７号）「中世の皇室と和歌－勅撰集の時代と戦国時代－」（平成十六年、伝統文化鑑賞会『和歌の披講』プログラム）。現在、東京大学史料編纂所教授。

兼築信行（かねちく・のぶゆき）

昭和31年島根県生。早稲田大学大学院文学研究科博士課程後期中退。専門は中世和歌文学。編著書に『和歌を歴史から読む』（笠間書院）、論文に「女流和歌懐紙について」（『国文学研究』111集）等がある。現在、早稲田大学文学学術院教授。

遠藤　徹（えんどう・とおる）

昭和41年京都府生。京都大学文学部卒業、東京芸術大学大学院音楽研究科博士課程修了。博士（音楽学）。雅楽を中心にした歌謡、地歌など日本音楽史を研究。著書に、「シルクロードの響き」（共著、山川出版）、「重要無形文化財『雅楽』宮内庁式部職楽部　映像解説１および２」（下中記念財団）、論文に、「盛宴における宮廷音楽－聚楽第行幸のことなど－」（伝統文化鑑賞会「和歌の披講」プログラム）、「龍笛旋律のなかの『由』の痕跡」（東京学芸大学紀要）、「楽琵琶の左手の技法と調子の連関－『三五要録』の分析による－」（東京学芸大学紀要）ほか。現在、東京学芸大学助教授。

執筆・編集協力

坂本清恵（玉川大学文学部助教授・博士（文学））

あとがき

東京成徳大学助教授
青柳隆志

本書の誕生のすべての過程に、当初から立ち会った者として、とじめにあたり一言述べさせていただく。

本書『和歌を歌う』は、序文において高らかに宣言されているように、「和歌は歌われるもの」という信念のもとに、そのもっとも晴れがましい精華、宮中歌会始における「和歌の披講」の全容を、音源として初めてCDブック化したものである。[※]「君が代」ブームと言われながら、これまで全く音源化されなかった、披講会による「君が代」の初公開をはじめ、時あたかも「『古今集』・『新古今集』の年」にあわせて、勅撰和歌集から春の歌を七首、そして、NHKの中継放送では充分に聞き取り得なかった「歌会始」の実際のありようを、あたかも皇居正殿松の間において陪聴の列に加わるが如く、心ゆくまで味わえる幸せを、この企画を長年の夢として温めてきた者として、皆様と共に分かち合いたく存ずる次第である。

本書は、いくつかの出会いから生まれたものである。まず、宮内庁式部副長として長年にわたり歌会始を担当された中島宝城先生。先生は今上陛下のお勧めで歌を始められ、かつ歌会始の儀にかかわったご経験から、「声ある歌」の重要性を一貫して説かれてきた。ご縁あって平成八年の歌会始の陪聴を許された筆者は、そのときはじめて、張りつめた空気のなか、文字を介してではなく、声のちからのみで歌が体感されるという、魂の震えるような瞬間に出会ったが、それ以来、筆者はいまだその衝撃の余韻のうちにあって、歌われる和歌、「披講」の世界を追い続けているのかも知れない。

中島先生の発案にかかる「宮中歌会始」の舞台における再現が準備されたのは、ちょうどその前後のことであった。宮内庁式部職楽部の東京フォーラム公演で定評のあった日本文化財団との間で、「次は和歌の披講を」というお話しになり、先生のご指名で筆者がその構成を任されるということになった。「天徳歌合」「二条城行幸和歌」などを舞台上にどのように再現するのか、色々工夫をさせていただいたが、話の流れから、あまつさえナレーションまで担当することとなり、非常に充実した仕事をさせていただいたという実感がある。

この「和歌の披講」の企画を通じて、披講会の坊城俊周会長とお目にかかることができたことは、大袈裟にいえば、筆者の人生の方向を大きく変えたと言っても差し支えない。昭和二十三年から無慮五十年余、歌会始の現場で披講にたずさわられ、披講についての最高の指導者・実演者であられる坊城会長から、㈳霞会館その他で貴重なお話を伺うときの筆者のよろこびは何ものにも代え難く、咫尺の間で「披講」について学ばせていただいたことは、自らの珠玉の財産であると同時に誇りでもある。はなはだおおけないことながら、「ぜひ披講のCDを」とお願い申し上げ、ここに実現したのも坊城会長のご厚意の賜物にほかならない。本書での、坊城会長へのロング・インタビューはそうした筆者の思いのもとに、ご多忙のなか無理を申し上げて実現させて頂いたものである。ぜひ、ご精読を賜るよう切望する。

平成十年にはじまった「和歌の披講」国立劇場大劇場公演は好評を得て、現在までに六回を数えている。

この六回の公演のプログラムは、執筆者・内容ともに、学界の最高水準をゆくものであり、この六冊のプログラムをすべて揃えるならば、たちどころに「和歌の披講」の総合研究書ができあがるはずである。

本書『和歌を歌う』のブックレット部分は、右のプログラムに掲載された数多くのご論のなかから、精選を重ねて、重要と思われるものを筆者が選びぬいたものである。このほかにも、魅力的なご論はかずかずあるが、紙幅の関係上割愛せざるを得なかったことは身にとり痛恨のきわみである。ご関心の向きはプログラムをぜひ入手されたい（日本文化財団ホームページ参照）。

かかる出会いを通じて、この『和歌を歌う』は生まれた。もちろん、このほかにも、執筆者の先生方（特に、兼築信行先生には、CDの選歌やインタビューにもご協力いただいた）、披講会の所役の皆様、日本文化財団、キングレコード、そして笠間書院の諸氏の多大なご協力があればこそ、本書は陽の目を見たのである。深く御礼申し上げると共に、和歌を文字としてでなく、耳で聞くものとしてとらえ直すためのよすがとして、この試みが活かされることになればと願ってやまない。

なお、本書にはさらに付録として、『「歌会始」開催一覧』が付されている。これは、幕末の弘化五年（一八四八）～平成十七年までの「歌御会始」「歌会始」のお題、主要所役を網羅した坊城会長のご労作であり、他にまったく類例をみない、完備した総合資料として、永く後世に伝うべき価値を有するものである。今後大いに利用されたい。

おわりに、本書刊行の趣意をご理解頂き、ご許可下さった宮内庁に対し、深く感謝申し上げる。

平成十七年四月三十日

※　歌会始の音源の例としては、ＬＰレコード、「昭和四十七年歌会始　山」（ＣＢＳソニー、ＳＯＤＬ　３）、「昭和四十八年歌会始　子ども」（同、ＳＯＤＬ　14）がある。

CDブック

和歌《わか》を歌《うた》う　歌会始《うたかいはじめ》と和歌披講《わかひこう》

2005年8月31日　初版第1刷発行
2006年4月28日　2版第1刷発行

協力　披講会

編者　©財団法人
日本文化財団

装幀　右澤康之

発行者　池田つや子

発行所　有限会社笠間書院
〒101-0064　東京都千代田区猿楽町2-2-5
☎03-3295-1331㈹　FAX03-3294-0996
振替00110-1-56002

ISBN4-305-70294-0
落丁・乱丁本はお取りかえいたします。
出版目録は上記住所までご請求下さい。
http://www.kasamashoin.co.jp

印刷・製本　藤原印刷
（本文用紙：中性紙使用）